會校會注會評會圖

西廂記【肆】

張燕瑾　張人和　汪龍麟　編纂
汪龍麟　執筆

教育部人文社會科學重點研究基地重大項目（12JJD750021）成果
教育部人文社會科學重點研究基地首都師範大學中國詩歌研究中心規劃項目成果
全國高等院校古籍整理研究工作委員會資助項目成果

學苑出版社

本册目録

《西厢記》版畫 · · · · · · 1431
  《西厢記》版畫演變述略 · · · · · · 1433
  整理説明 · · · · · · 1441
  《新刊大字魁本全相參增奇妙注釋西厢記》（弘治十一年刻）版畫 · · · · · · 1443
  《重刻元本題評音釋西厢記》（熊龍峰忠正堂刊）版畫 · · · · · · 1735
  《重刻元本題評音釋西厢記》（劉龍田喬山堂刊）版畫 · · · · · · 1755
  《全像注釋西厢記》（羅懋登本）版畫 · · · · · · 1783
  《重校北西厢記》（繼志齋陳邦泰刊）版畫 · · · · · · 1809
  《元本出相北西厢記》（汪氏玩虎軒刻）版畫 · · · · · · 1845
  《新刊合并王實甫西厢記》（周居易刻屠隆校）版畫 · · · · · · 1889
  《李卓吾先生批評北西厢記》（虎林容與堂刻）版畫 · · · · · · 1911

西廂記版畫

《西廂記》版畫演變述略

葉德輝先生曾説："吾謂古人以圖書并稱，凡有書，必有圖。《漢書·藝文志》論《家語》，有《孔子徒人圖法》二卷。《兵書略》所載兵法，均附有圖。"[①] 于書籍出版時加入插圖，自是由來已久。在出版業日益興盛的明代，《西廂記》中的插圖在衆多戲曲刊本中一枝獨秀。

古書插圖均爲木刻版畫，即將畫稿反向雕鐫于木板上，通過刷墨覆紙獲得複製品，故學界稱之爲木刻版畫、木刻畫或版畫。據統計，現存明刊《西廂記》插圖本有44種，本書收録列入會校、會注、會評的，計25種，又加入民國出版、實爲清代金聖嘆本的覆刻本掃葉山房本插圖，共計26種，從而可以見出《西廂記》插圖本演變之大略。

"書籍的插圖，原意是在裝飾書籍，增加讀者的興趣，但那力量，能補助文字之所不及，所以也是一種宣傳畫。"[②] 于文本的綫性閲讀中加入圖像符號，裝飾、宣傳的功用之外，更重要的是它轉換了讀者的閲讀思維，給了讀者身臨其境的閲讀感受。另一方面，爲《西廂記》製作版畫的畫師或刻工，他們不僅通過畫面幫助讀者理解作品，同時這些畫面也是他們自己對作品意藴的解讀，是熔鑄了自我體悟的二度創作。綜觀屬于明代的26種《西廂記》插圖本，我們大致可將其版畫的刊刻情況分爲萬曆以前、萬曆時期和萬曆以後三個階段。

一、萬曆以前

是現存最早、保存最完整的《西廂記》插圖本，是弘治十一年（1498）北京金臺岳

---

① 葉德輝《書林清話》，中華書局1957年版，第218頁。
② 魯迅《"連環圖畫"辯護》，《魯迅全集》第四卷《南腔北調集》，人民文學出版社1981年版，第446頁。

家刻本《新刊大字魁本全相參增奇妙註釋西廂記》，此本書末所附書招稱："謹依經書，重寫繪圖，參訂編次，大字魁本，唱與圖合。"既云"重寫"，當有更早的刻本爲據，惜已佚。

是書共五卷，書内插圖上圖下文，圖版刻繪刀法活脱，粗中有細，帶有建安木刻畫之風格。全書總計156題，274幅圖，鮮明地體現了書招所聲明的"唱與圖合"。首先，爲使讀者明瞭劇情，也表現了刻畫者對戲劇情節的重視，書中插圖多於右側標有簡略説明情節的提示語。祇是出于刻工的粗疏，有的提示語與圖像之間標錯了位置，如卷之一"焚香拜月"第一折中的"張生至蒲東"和"夫人自感同鶯紅佛殿消遣"，圖與文相互顛倒了。其次，人物形象雕琢上，注重人物戲劇行動表現，不重身段細節描摹，如人物狀貌表情不做精細繪刻，頭腳大，腰身小，不成比例；甚至用人物大小顯示主僕關係，如鶯鶯大而紅娘小。但在具體描繪人物行爲舉止上，却頗多刻繪精細之筆。如卷之一"焚香拜月"第一折之"張生同法聰游普救寺遇鶯鶯"，圖中鶯鶯拈花執扇，衣袂飄飄；紅娘背立指點，乖巧可愛；張生似和琴童、法聰對話，做回顧狀，又顯露出對鶯鶯的迷戀。第三，用寫意式的風景畫面填補書中大段抒情唱詞留下的情節空白。如卷之四"雨雲幽會"第一折之"張生佇立閑階候鶯鶯赴約"，原文在此處寫張生在期待與焦慮中等待鶯鶯，接連唱了【點絳唇】【混江龍】【油葫蘆】【天下樂】【哪吒令】【鵲踏枝】【寄生草】七支曲子，人物的戲劇行動處于静止狀態。版畫作者于此處用四個上橫畫面，僅第一個畫面出現了等待中的張生形象，其餘三幅圖均爲寫景，空寂的庭院，兀立的石頭旁一棵大樹，虛掩的門户和門前的臺階，通過這些寫意式的景物描摹，生動地展現了空宅獨宿的張生的孤凉情懷，從而達到了書招中所説的"唱與圖合"的藝術境界。第四，出于對"寓于客邸、行于舟中"之"閑游坐客"的關照，有意放大劇作中的細枝末節，達到適俗之趣。如卷之四"雨雲幽會"第四折"張生起程算還店主房價"，此折戲著重寫的是張生在草橋店夜夢鶯鶯，重點是夢，算還房價在此折僅一句："店小二哥，算還你房錢。鞴了馬者。"還房錢的戲劇行動在本折無關緊要，却又顯然是客旅他鄉的世俗讀者們的生活瑣事。圖畫及此，俗趣盎然。

二、萬曆時期

鄭振鐸先生説："中國木刻畫發展到明的萬曆時代（1573—1620），可以説是登峰造極，光芒萬丈。其創作的成就，既甚高雅，又甚通俗。不僅是文士們案頭之物，且也深入人民大衆之中。數量是多的，品質是高的。差不多無書不圖，無圖不精工。"[①] 萬曆時代可說是中國木刻畫史上的黃金時代，《西廂記》的木刻畫本則可說是這一時代中的翹楚。

本書所選屬于萬曆時期的木刻插圖本有：熊龍峰忠正堂本、劉龍田喬山堂本、羅懋登注釋本、屠隆校本、繼志齋本、李卓吾容與堂本、起鳳館本、徐渭批點畫意本、香雪居本、汪氏玩虎軒本、何璧校本、陳眉公本、文秀堂本，共 13 本。統觀萬曆時期的這些木刻插圖，依據版刻地點，大致可分成建安派、蘇州派、徽州派、武林派、金陵派。

福建建安是中國古代書業的中心。宋元時期，建安書坊享譽甚隆，入明後，相鄰的建陽异軍突起，聲勢遠在建安之上。建安、建陽兩地相鄰，所刻書版畫風格相近，故統稱建安派。建安派中的代表作是熊龍峰忠正堂刊于萬曆二十年（1592）的《重刻元本題評音釋西廂記》，劉龍田喬山堂本係此刊本的翻刻本，其祖本則是萬曆七年（1579）金陵少山堂刊刻的《新刻考正古本大字出像釋義北西廂》。從插圖內容看，建安派的特點是：1. 圖畫多爲近景描摹，人物形象占畫面三分之二，面部表情和衣著神態，生動逼真；2. 人物動作身態與戲曲表演身段相似，帶有舞臺表演的動態感，似乎是受了戲曲表演影響的結果；3. 畫面頂部嵌有四字橫聯，兩側各有 11—14 字聯語，幫助讀者領悟劇中情節內容。

蘇州派的代表作品是刊刻于萬曆四十四年（1616）的何璧校本《北西廂記》。是書插圖也是雙面對連式大圖，繪製風格上和建安派相似，也是近景式的人物展現爲主。加上開頭的"崔娘像"，是書共存圖 9 幀 17 幅圖，與建安派每齣或每兩齣一幅圖强調畫面和情節的對應及連續性不同，何璧本常常越過關鍵情節，僅憑己意構築畫面。換言之，以何璧本爲代表的蘇州派插畫，主要表現的是畫師本人對瞬間戲劇情節的領悟，利用插入畫面演述完整戲劇故事的功能則削減乃至退化了。

萬曆二十五年（1597）前後汪光華玩虎軒刊印的《元本出相北西廂記》，是徽州派木刻畫的經典作品。是書插圖 21 幅（含卷首附鶯鶯像），雙面連式，每齣一幅圖。從內容上看，玩虎軒本仍以人物爲中心，突出表現人物的衣著神態，畫面構圖上人大景小，景物處于陪襯位置，但具體寫景却十分細膩，即便屏風上的山水和花草樹葉都鎸刻精細，徽派木刻的富麗精工風格展露無遺。鄭振鐸先生評價萬曆時期的徽派木刻畫師時說："他

[①] 鄭振鐸《中國古代木刻畫史略》，上海世紀出版集團上海書店出版社 2006 年版，第 49 頁。

們有那麼一副精準的刀和尺,更具有那麼精細熟練的眼和手。那布局是雅致和工整的,那綫條是細膩而勻稱的。小若針尖,大似潑墨山水,剛勁柔和,無施不宜。剛若鐵綫,柔若游絲。"① 精細勻稱,剛柔相宜,可說是對徽派藝術風格的精確總結。

玩虎軒本卷首附的"鶯鶯像"標明:汪耕繪,黃鏻、黃應岳刻。汪耕,字于田,歙縣人。在其時極富盛名,多本《西廂記》版畫皆出自其手,本書所選的如陳邦泰繼志齋本、曹以杜起鳳館本,儘管二書前者出自金陵,後者出自武林,然皆承襲了徽派藝術的獨特風格。

武林即今杭州,五代十國的吳越國時,雕鎸版畫之業已漸興盛,至明萬曆時期,如汪耕、黃氏兄弟等徽派能工巧匠,多流寓杭州而操剞劂之業,武林版畫達到極盛。本書所選屬武林雕版的有:容與堂本、起鳳館本、徐渭批點畫意本、香雪居本。

萬曆三十八年(1610)夏虎林容與堂刊刻《李卓吾先生批評北西廂記》,是書卷下目錄後附有18幅插圖,畫師趙璧,字無瑕,"工詩,畫山水清雅出塵"②。畫師本人具有深厚的詩詞修養,容與堂本的插圖也因此帶有濃厚的文人畫傾向。插圖的內容不再是追求戲劇情節的講述和人物狀貌的描摹,大多是清曠寂寧的山水景物,以此展露《西廂記》華美清麗語言背後的悠遠韻致,寄寓畫師本人的閱讀體驗和人生感悟。"容與堂本西廂記插圖表現了插畫家個人對于劇本選擇性的欣賞角度,並透過個人主觀意志表現獨特的思想和觀點,使插圖具有超出于文本之外的意涵,透露時代訊息。"③

也是在這一年的冬天,武林起鳳館曹以杜刊《元本出相北西廂記》,是書存圖20幀40幅,畫師汪耕,刻工黃一楷、黃一彬。畫工、刻工都是安徽人,本書自具有濃厚的徽派風格。然該書插圖並不是玩虎軒本、繼志齋本的直接複製,在具體表現手法上,起鳳館本視野更爲宏闊,人物身態服飾細緻描摹,尤其是裝飾性的花紋圖案,雕琢精細。如果說容與堂本幾乎完全放棄了連環畫式的故事情節講述,轉向對文本深層意境的傳達;起鳳館本則是在不放棄故事講述的前提下,用徽派所獨具的精工富麗刀筆,加大裝飾性的背景描摹,給人以藝術性的美感享受。

萬曆三十九年(1611)冬天,徐渭批評的《重刻訂正元本批點畫意北西廂》于武林刊刻,學界或懷疑該書即王驥德曾提及的"暨陽刻本"。該書插圖出自萬曆時知名畫家王

---

① 鄭振鐸《中國古代木刻畫史略》,第98頁。
② 徐沁撰,印曉峰點校:《明畫錄》卷五,華東師範大學2009年版。
③ 徐文琴《由"情"至"幻"——明刊本〈西廂記〉版畫插圖研究》,《藝術學研究》第六期,2012年5月,第100頁。

以中，刻工黃應光，均爲徽州人，故該書也極具徽派風格。書中插圖也是注重背景的描摹，或崇山峻嶺，或斷橋流水，或庭院空寂，人物多祇是景物的陪襯，略作點綴。畫中也多有題聯，但和容與堂本聯語均依曲文照錄不同，本書題聯繫據曲意新撰，是畫師的閱讀體悟，如第二折一套《白馬解圍》插圖聯語："欲眠又怕晝無静，倚遍闌幹恨轉生。"第三折一套《錦字傳情》插圖聯語："掃石焚香當夜月，謹將心事祝絲桐。"

萬曆四十一年（1613）朱朝鼎香雪居刊刻王驥德《新校注古本西廂記》，雙面連式插圖 20 幅，錢穀繪，汝文淑摹，黃應光鎸刻。錢穀是"吳門畫派"名手，以善畫山水寫意名重當時，黃應光是徽派著名刻工，故其刀筆所至，幾都是遠山近水，奇石疏林，小橋流水，衰草殘陽，畫面境界空闊寂寥，虛實相間，畫面境界透露出來的，是畫家本人對作品曲文散發出的文學意蘊的理解和體悟，帶有鮮明的文人畫的特點。

金陵書業在萬曆時期達到極盛，入選本書的有繼志齋本、陳眉公本和文秀堂本。

明萬曆二十六年（1598）繼志齋陳邦泰刊《重校北西廂記》，插圖係徽派著名畫家汪耕繪，注重人物神態風韵，猶在布景裝飾上精細雕琢，沿襲的是徽派傳統風格。

明萬曆四十六年（1618）蕭騰鴻師儉堂本刻本《鼎鎸陳眉公先生批評西廂記》，則明顯帶有武林派注重景物描寫的特徵，而在人物描寫上，又具有建安派的真實和生動。

明萬曆後期金陵文秀堂刊本《新刊考正全相評釋北西廂記》，沿襲的是建安派風格，雙面對連版式，除第九齣《錦字傳情》無圖，其餘每齣配圖 2 幅，每圖均如熊龍峰本一樣配有聯語，畫面以人物爲主，風神狀貌，真摯自然，背景部分如窗櫺、圍欄、花石，也都經過了藝術性的加工，光暗鮮明突出。

三、萬曆以後

明代萬曆以後，翻刻《西廂記》仍是衆多書坊樂于爲之之事。入選本書的插圖本有：明天啓元年（1621）刻本槃邁碩人修改定本《詞壇清玩：西廂定本》、凌濛初刻朱墨套印本《西廂記》、天啓崇禎間孫鑛批點本《硃訂西廂記》、山陰延閣主人李廷謨訂正《徐文長先生批評北西廂記》、《張深之先生正北西廂秘本》、西陵天章閣醉香主人刻《李卓吾批點西廂記真本》、蕭騰鴻師儉堂刻本《湯海若先生批評西廂記》、崇禎間刻本《新訂徐文長先生批點音釋北西廂》、崇禎間潭邑書林歲寒友刻本《新刻徐文長公參訂西廂記》、崇禎間孔如氏刻本《三先生合評元本北西廂》、崇禎間古吳陳長卿存誠堂刻本《新刻魏仲雪先生批點西廂記》，共 11 種。統觀這些刊本中的插圖表現，有如下幾個特點：

第一，抄襲之風盛行。因《西廂記》插圖本行銷旺盛，許多書坊主爲節約成本，摹刻、翻刻、抄襲名家插圖，蔚然成風。《硃訂西廂記》38 幅插圖，卷首"崔娘遺照"署"宋畫院待詔陳居中摹本"，陳居中，南宋寧宗嘉泰年間（1201—1204）任畫院待詔，擅畫人物，形神畢肖。雖然畫史上確有陳居中曾據舊本摹寫"鶯鶯像"，但若將陳居中傳世之作《文姬歸漢圖》《胡笳十八拍圖》與此圖對照，此圖在綫條上顯得僵硬，人物形象也頗呆板，兩者不可同日而語，故此圖當爲僞作無疑。至于其他每齣中的插圖，幾都標明仿古代名家之作，"但看畫面，却不儘然。'月下佳期'仿凌濛初本，人物一樣，環境不同；'衣錦還鄉'完全照抄萬曆杭州《四聲猿》插圖（汪修，錢塘鐘氏刊本）玉樓春色，祇是將原畫雙面對連、橫幅大圖擠成單面竪幅而已。"① 孔如氏刻三先生合評本和李廷謨延閣本完全一樣，祇是將延閣本的圓形雙扇圖的另一半如花鳥、竹石、樹木、走獸刪去而已。存成堂刻的魏仲雪本，其中"佛殿初遇""琴心挑引""妝臺窺簡"插圖，完全照抄萬曆杭州張夢徵所畫《青樓韵語》，構圖、場景甚至題字位置，都一模一樣。"長亭送別"折照抄香雪居本，人物、車馬完全一致，祇是背景山水不同。

第二，畫面選擇隨意，忽略戲劇情節。師儉堂刊本的《湯海若先生批評西廂記》，沿襲萬曆師儉堂陳眉公本的插圖思路，均在奇數出目配圖，已表現出對戲曲重點出目戲劇衝突的漠視，即畫師們關注的重點不再是通過連環畫式的版畫講述故事情節了。張深之本僅有 5 幀 10 幅插圖，每本戲一幀插圖。從畫面看，這 5 幀圖都不是戲劇衝突最爲激烈的幾折，也不是此前戲曲插圖畫家偏愛的齣目。凌濛初本 10 幀 20 幅插圖，也同樣是跳躍式，第 1 幅圖"老夫人閑春院"，第 2 幅圖"崔鶯鶯燒夜香"，兩者之間的關鍵情節"崔張佛殿初遇"被省略。第 11 幅圖"小紅娘問湯藥"、第 12 幅圖"張君瑞害相思"，兩者之間乘夜逾墻的情節也付之闕如。凌濛初對自己的這樣安排，在該書《凡例》第九條說："是刻實供博雅之助，當作文章觀，不當作戲曲相也，自可不必圖畫。但世人重脂粉，恐反有嫌無像之爲缺事者，故以每本題目、正名四句，句繪一幅，亦獵較之意云爾。"在凌濛初看來，本可無圖的，因爲他看重的是《西廂記》華美的文辭而不是戲劇情節，祇是"世人重脂粉"，纔不得不延請吳門畫家王文衡作畫、徽州黃一彬刻版，滿足世人也就是普通讀者的消費需求。

最後，晚明木刻畫幾乎都體現出鮮明的文人畫傾向。所謂"文人畫"，即屠隆所說的

---

① 祝重壽《中國插圖藝術史話》，清華大學出版社 2005 年版，第 96 頁。

"畫品全法氣韵生動，不求物趣，以得天趣爲高。觀其曰寫、不曰畫者，蓋欲脫盡畫工院氣故爾"①，即著眼于文人的自我才氣展露，并不考慮文本的故事講述。這在晚明時期的《西厢記》插圖中，主要表現有三。

首先，插圖題詞的意象擇取。此前版畫題詞，無論自擬聯語，還是選取原文中的句子，多以故事情節演進爲中心，晚明版畫題詞，則幾都是詩意的意象傳達：硃訂本插圖語有："嫩綠池塘藏水鴨，淡黃楊柳帶梅花""難把幽情傳翰墨，故將離恨托鱗鴻"。天章閣本插圖題詞："空撒下碧澄澄蒼苔露冷""碧紗窗下畫了雙蛾"。師儉堂湯海若本題詞："拆開封皮孜孜看""月移花弄影，疑是玉人來"。顯然，這些詩句都是極富畫面感的，畫工們也很容易捕捉到這些詩句的文學意蘊。

其次，平淡含蓄的意致美。用疏淡的筆墨繪寫出深遠的意致，讓人"看書畫如對美人"②，追求紆徐平淡的寫意式畫風，是晚明文人畫的突出特點。《西厢記》中不乏激烈的戲劇衝突，"白馬解圍"即爲熱鬧場景，但在木刻畫中的表現却雅致含蓄。硃訂本題詞作："遥指蒲東普救寺，玉容深鎖廣寒宫。"畫面用遠景描畫群山綿延，稀疏叢林掩映中，兩座梵宫廟宇，近水闊大，逼岸而來，蜿蜒山道中，稀疏點綴幾個兵將，既呼應了插圖的"遥指"之義，構圖的巧妙設計，又讓人感到那山谷中隱藏著萬馬千軍。凌濛初本"莽和尚生殺心"，畫面選取張生付信惠明的情節，張生一手托書，一手指著惠明，面容冷峻；惠明橫棍于肩，弓腰傾聽；張生身後，法聰背立，搖手扭頭，對法本訴説，法本緊皺雙眉，聳身而聽；遠處廂房裏，鶯鶯手指窗外，面含愁容對紅娘訴説，老夫人手牽歡郎，緩步向前。庭院中數株老樹，虬枝蒼勁，遠處洞開院門，門映疏櫺。閑静雅致的畫面，却讓人感受到孫飛虎軍圍普救的緊張氣氛。

第三，布景裝幀，力求創新；圖繪場景，不落俗套。晚明書坊間的競爭日趨激烈，爲迎合讀者，不少書坊力求新人耳目。李廷謨延閣本20幀40幅插圖，雙面連式，每半頁爲曲意圖，解説故事情節；另半頁爲其時畫家所繪花鳥、竹石、走獸、樹木等。圖版用圓月型，或稱月光版。這種插圖確實給人靈巧清透的美感，但其不足也是顯而易見的，被圓形圈住的曲意圖，表達空間被壓縮了，加之畫面又著意渲染景物，人物行動受到限制，戲劇情節或模糊，或缺失了。張深之本雖衹有5幀10幅圖，插圖畫家陳洪綬却以其高超的技藝和巧妙的構圖，版畫格調别具風範。第一幀圖"齋壇鬧會"，不是全景式的展

---

① 〔明〕屠隆《考槃餘事·元畫》卷二，明陳眉公訂正秘笈本影印本。
② 〔明〕文震亨著，陳植校注：《長物志校注》，江蘇科學技術出版社1984年版，第147頁。

現佛堂僧衆做法事，而祇畫了七個人：畫面左邊圖：張生拈香居前導引，老夫人籠手胸前，緊隨其後，鶯鶯籠手胸前，紅娘肩扛日月幡扇，兩人并列于後。右邊圖：一僧搖鈴居前，另二僧一執佛燈、一托佛鉢，并行于後。人物衣飾花紋，均雕琢細膩；面部表情，哀戚淒愴。兩圖均無背景，故意留白。用七個人物撐起的"齋壇鬧會"，以虛代實，讓人想像法事的宏大場面，又突出了法會之"鬧"的主要人物。尤爲後人稱道的是第三幀圖"妝臺窺簡"，畫中兩幅圖背景相連，是一四折屏風，描畫春夏秋冬四季景物，鶯鶯頭翹雲鬢，身著大花袍裙，手捧書信，側立屏風前，嬌羞展讀，紅娘悄步屏風後，探身伸頭偷窺，描人畫景，情態宛然。鄭振鐸爲之激賞："插圖出自老蓮手，沒有一幅不是清新之氣溢出紙面的。西廂圖，我們往往習見而熟識之，但這幅插圖卻不猶人，超出常格之外，寫鶯鶯的心理變化與衝突，深刻極了。"[1]

　　清代《西廂記》刻本衆多，然幾都是金聖嘆評點《增批繪像第六才子書》，版畫則多是摹刻、翻刻甚至抄襲明人之作，了無新意，所以周心慧説清代的版畫是"由盛及衰，漸消漸亡"[2]。本書所選掃葉山房本，係金聖嘆本的覆刻本，版畫明顯帶有明代建安派風格，注重人物形象的雕琢，祇是插圖題詞改用書中曲文，努力達到"圖與文合"。

---

[1] 鄭振鐸《中國古代木刻畫史略》，第147頁。
[2] 周心慧《中國古版畫通史》，學苑出版社2000年版，第227頁。

整理說明

一、本書收録《西廂記》綉像版畫以"會校會評會注《西廂記》"選定版本爲主，并按照各版本的版刻時間爲序。

二、各版本的版畫，按照其原書順序編排，并編排序號；一版面一個序號，即，單版版畫一個序號，雙連式版畫兩個序號。

三、本書采取中式翻身設計，力圖保持版畫拼版原貌，即雙連式版畫圖像出現在一個展開面上，便于讀者完整欣賞版畫內容。

四、所有版畫均加注圖名標題。原書之圖有標題或文字的，直接用原書圖上文字作爲圖名；原書無圖名者，根據圖畫內容主題，參照其他版本類似內容的圖名，加上標題；其中雙連式版畫，標題後右半圖用"（一）"、左半圖用"（二）"區分。

五、爲便于讀者瞭解版畫在原版本中的位置，在圖名之後，標注卷（本）數、卷（本）名，或折數、折名等，利于讀者直接瞭解版畫在原版本中位置。對所有版畫均在"卷首"部分者，因在說明中已經交代，故略去。

六、爲了體現雙連式版畫的特點，在保留版畫在原書中順序不變的基礎上，對部分頁面留白處理，望讀者鑒察。

《新刊大字魁本全相參增奇妙注釋西廂記》（弘治十一年刻）版畫

《新刊大字魁本全相參增奇妙注釋西廂記》（簡稱"弘治本"），明弘治十一年（1498）北京金臺岳家書坊刊刻，是現存最早最完整的《西廂記》刊本。

是書每頁均有版畫插圖，上圖下文，有單面版畫，亦有雙面連式版畫，有的配圖還附有標題，計有156題，274幅。是書"謹依經書，重寫繪圖，參訂編次，大字魁本，唱與圖合"，不僅使"寓于客邸、行于舟中"之"閑游坐客"，"得此一覽始終，歌唱了然，爽人心意"，且"閭閻小巷，家傳人誦"，"便于四方觀云"（弘本書末所附書招）。就書中插圖看，主要人物之刻劃、西廂院落之結構、花草樹木之點綴，均典雅自然，極具慧心。

畫面雕刻綫條粗獷，帶有福建建安畫派樸茂渾厚之風致。不過，是書作爲商業性的書坊行爲，在鎸刻、校審上并不够精良，如《張生至蒲東》和《夫人自感同鶯紅佛殿消遣》兩幅圖，竟題圖不符，係刊刻時誤將兩圖之題調換了位置。

圖1—1 蟾宮佳致（一） 卷首《閨怨蟾宮》

1445 《新刊大字魁本全相參增奇妙注釋西廂記》（弘治十一年刻）版畫

圖1-2　蟾宮佳致（二）　卷首《閨怨蟾宮》

圖1－3　蟾宮佳致（三）　卷首《閨怨蟾宮》

1447《新刊大字魁本全相參增奇妙注釋西廂記》（弘治十一年刻）版畫

圖1—4　蟾宮佳致（四）　卷首《閨怨蟾宮》

圖1—5　錢塘夢景（一）　卷首《增相錢塘夢》

1449《新刊大字魁本全相參增奇妙注釋西廂記》（弘治十一年刻）版畫

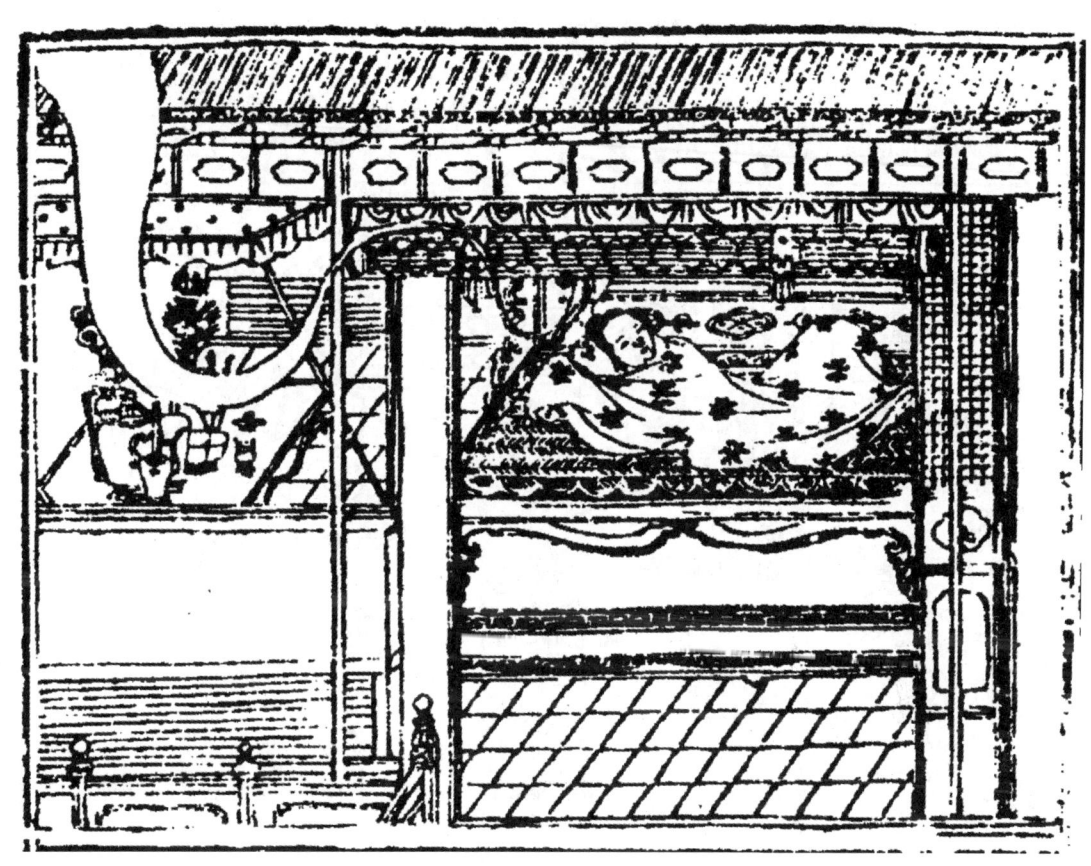

圖1-6　錢塘夢景（二）　卷首《增相錢塘夢》

圖1—7 錢塘夢景（三） 卷首《增相錢塘夢》

1451 《新刊大字魁本全相參增奇妙注釋西廂記》（弘治十一年刻）版畫

圖1—8 錢塘夢景（四） 卷首《增相錢塘夢》

圖1—9 錢塘夢景（五） 卷首《增相錢塘夢》

1453 《新刊大字魁本全相參增奇妙注釋西廂記》（弘治十一年刻）版畫

圖1—10　錢塘夢景（六）　卷首《增相錢塘夢》

圖1—11 錢塘夢景（七） 卷首《增相錢塘夢》

1455《新刊大字魁本全相參增奇妙注釋西廂記》（弘治十一年刻）版畫

圖1—12　錢塘夢景（八）　卷首《增相錢塘夢》

圖1—13　花月娉婷結絲羅　卷首《滿庭芳》

1457《新刊大字魁本全相參增奇妙注釋西廂記》（弘治十一年刻）版畫

圖1—14　眼去眉來寫村書　卷首《滿庭芳》

圖1—15 髡郎法聰不諳經典　卷首《滿庭芳》

1459《新刊大字魁本全相參增奇妙注釋西廂記》（弘治十一年刻）版畫

圖 1—16　崔小姐影藏普救寺　卷首《滿庭芳》

圖 1—17　鶯鶯紅娘著圍棋　卷首

圖 1—18　張生至蒲東（一）　卷之一《焚香拜月》第一折（此圖實爲"夫人自感同鶯紅佛殿消遣"）

1463 《新刊大字魁本全相參增奇妙注釋西廂記》（弘治十一年刻）版畫

圖1—19　張生至蒲東（二）　卷之一《焚香拜月》第一折（此圖實爲"夫人自感同鶯紅佛殿消遣"）

圖1—20　夫人自感同鶯紅佛殿消遣（一）　卷之一《焚香拜月》第一折（此圖實爲"張生至蒲東"）

1465 《新刊大字魁本全相參增奇妙注釋西廂記》(弘治十一年刻)版畫

圖1-21　夫人自感同鶯紅佛殿消遣(二)　卷之一《焚香拜月》第一折(此圖實爲"張生至蒲東")

圖1—22　脚根無綫如蓬轉　卷之一《焚香拜月》第一折

1467 《新刊大字魁本全相參增奇妙注釋西廂記》（弘治十一年刻）版畫

圖1—23　采棘守園　卷之一《焚香拜月》第一折

會校會注會評會圖西廂記 1468

圖1—24　城關　卷之一《焚香拜月》第一折

1469 《新刊大字魁本全相参增奇妙注释西厢记》（弘治十一年刻）版画

图 1—25　张生同店主游景店主指说　卷之一《焚香拜月》第一折

圖 1—26　安排下飯撒和了馬　卷之一《焚香拜月》第一折

1471 《新刊大字魁本全相參增奇妙注釋西廂記》（弘治十一年刻）版畫

圖1—27　張生同法聰游普救寺　卷之一《焚香拜月》第一折

圖1—28　張生同法聰游普救寺遇鶯鶯（一）　卷之一《焚香拜月》第一折

1473 《新刊大字魁本全相參增奇妙注釋西廂記》（弘治十一年刻）版畫

圖1—29　張生同法聰游普救寺遇鶯鶯（二）　卷之一《焚香拜月》第一折

圖 1—30　法聰同張生游普救寺（一）　卷之一《焚香拜月》第一折

1475《新刊大字魁本全相參增奇妙注釋西廂記》(弘治十一年刻) 版畫

圖1-31　法聰同張生游普救寺（二）　卷之一《焚香拜月》第一折

圖 1—32　法聰送張生出山門（一）　　卷之一《焚香拜月》第一折

1477 《新刊大字魁本全相參增奇妙注釋西廂記》（弘治十一年刻）版畫

圖1—33　法聰送張生出山門（二）　卷之一《焚香拜月》第一折

圖 1—34　夫人命紅娘使問長老修齋事　卷之一《焚香拜月》第二折

1479《新刊大字魁本全相參增奇妙註釋西廂記》（弘治十一年刻）版畫

圖1—35　法聰因長老問答張生至　卷之一《焚香拜月》第二折

圖 1—36　張生謁長老法聰報知出迎（一）　卷之一《焚香拜月》第二折

1481 《新刊大字魁本全相參增奇妙注釋西廂記》(弘治十一年刻) 版畫

圖1—37　張生謁長老法聰報知出迎（二）　　卷之一《焚香拜月》第二折

圖1—38 張生至方丈與長老敘話（一） 卷之一《焚香拜月》第二折

1483 《新刊大字魁本全相參增奇妙註釋西廂記》(弘治十一年刻) 版畫

圖 1—39　張生至方丈與長老叙話(二)　卷之一《焚香拜月》第二折

圖1—40　張生送銀與長老求親鶯事　卷之一《焚香拜月》第二折

1485 《新刊大字魁本全相參增奇妙注釋西廂記》（弘治十一年刻）版畫

圖 1—41　張生問長老求僧舍　卷之一《焚香拜月》第二折

圖1—42　紅娘問長老修齋事遇見張生　卷之一《焚香拜月》第二折

圖1—43　張生同長老紅娘游佛殿（一）　卷之一《焚香拜月》第二折

1489 《新刊大字魁本全相參增奇妙注釋西廂記》(弘治十一年刻) 版畫

圖1—44　張生同長老紅娘游佛殿 (二)　卷之一《焚香拜月》第二折

圖1—45　張生問長老求附薦　卷之一《焚香拜月》第二折

1491《新刊大字魁本全相參增奇妙注釋西廂記》（弘治十一年刻）版畫

圖1—46　張生辭長老出俟紅娘　卷之一《焚香拜月》第二折

圖1—47 紅娘因生揖問怒責張生（一） 卷之一《焚香拜月》第二折

1493《新刊大字魁本全相參增奇妙注釋西廂記》(弘治十一年刻)版畫

圖1—48　紅娘因生揖問怒責張生（二）　卷之一《焚香拜月》第二折

圖1—49 鶯鶯悶游自嘆懷（一） 卷之一《焚香拜月》第二折

1495《新刊大字魁本全相參增奇妙注釋西廂記》（弘治十一年刻）版畫

圖1—50　張生悶游自嘆懷（二）　卷之一《焚香拜月》第二折

圖1—51　張生悶游自嘆懷（三）　卷之一《焚香拜月》第二折

1497《新刊大字魁本全相參增奇妙注釋西廂記》(弘治十一年刻)版畫

圖1—52　長老允答張生書舍　卷之一《焚香拜月》第二折

圖 1—53 張生黌夜悶想書齋 卷之一《焚香拜月》第二折

1499《新刊大字魁本全相參增奇妙注釋西廂記》（弘治十一年刻）版畫

圖1—54　紅娘告鶯鶯責張生話　卷之一《焚香拜月》第三折

圖 1—55　張生石畔私窺鶯鶯燒夜香（一）　卷之一《焚香拜月》第三折

1501 《新刊大字魁本全相參增奇妙注釋西廂記》（弘治十一年刻）版畫

圖1—56　張生石畔私窺鶯鶯燒夜香（二）　卷之一《焚香拜月》第三折

圖1—57　張生石畔私窺鶯鶯燒夜香（三）　卷之一《焚香拜月》第三折

圖1—58　生鶯步月聯詩（一）　卷之一《焚香拜月》第三折

1505《新刊大字魁本全相參增奇妙注釋西廂記》(弘治十一年刻) 版畫

圖1-59 生鶯步月聯詩(二) 卷之一《焚香拜月》第三折

圖 1—60　鶯與紅香見生詞紅回房　卷之一《焚香拜月》第三折

會校會注會評會圖西廂記　1508

圖1—61　張生因見鶯避賽夜回舍悶坐（一）　卷之一《焚香拜月》第三折

1509《新刊大字魁本全相參增奇妙注釋西廂記》(弘治十一年刻) 版畫

圖1—62　張生因見鶯避賓夜回舍悶坐（二）　卷之一《焚香拜月》第三折

圖1—63　長老請張生拈香　卷之一《焚香拜月》第四折

會校會注會評會圖西廂記　1512

圖1—64　夫人同鶯鶯修齋事（一）　卷之一《焚香拜月》第四折

1513 《新刊大字魁本全相參增奇妙注釋西廂記》(弘治十一年刻) 版畫

圖 1-65　夫人同鶯鶯修齋事 (二)　卷之一《焚香拜月》第四折

會校會注會評會圖西廂記 1514

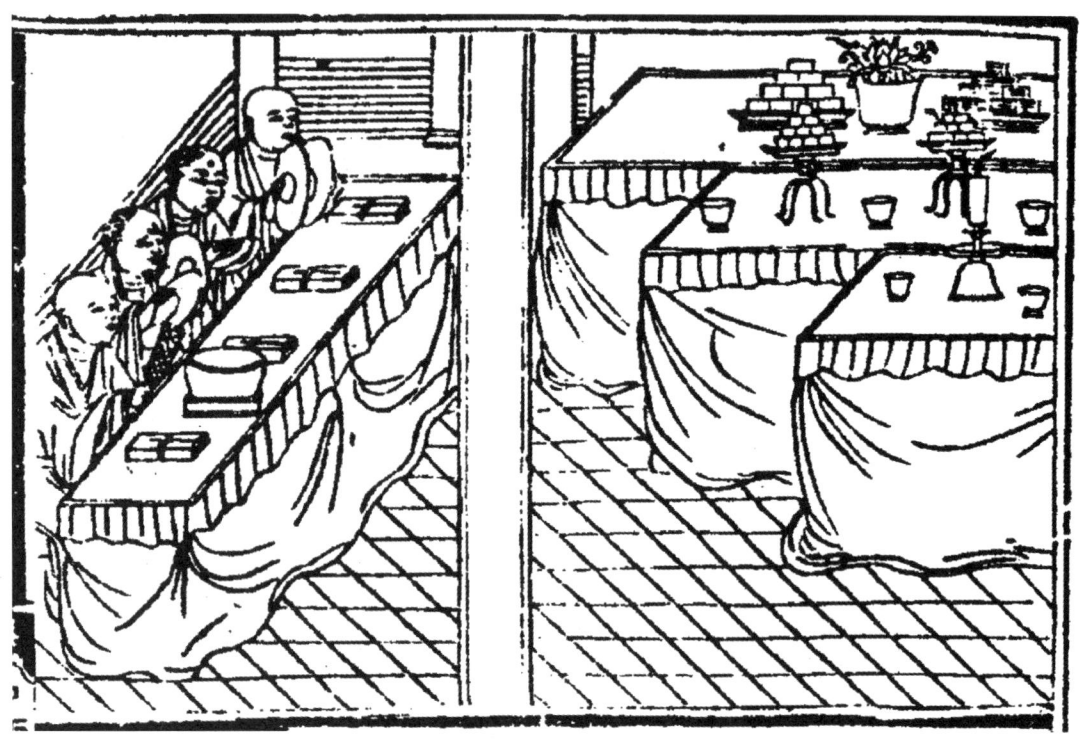

圖1-66 夫人同鶯鶯修齋事（三） 卷之一《焚香拜月》第四折

1515 《新刊大字魁本全相參增奇妙注釋西廂記》（弘治十一年刻）版畫

圖 1-67　夫人同鶯鶯修齋事（四）　卷之一《焚香拜月》第四折

图 1—68　夫人同鶯鶯修齋事（五）　卷之一《焚香拜月》第四折

1517《新刊大字魁本全相參增奇妙注釋西廂記》（弘治十一年刻）版畫

圖1-69　夫人同鶯鶯修齋事（六）　卷之一《焚香拜月》第四折

圖1—70　孫飛虎兵圍普救寺索鶯鶯　卷之二《冰弦寫恨》第一折

1519 《新刊大字魁本全相參增奇妙注釋西廂記》（弘治十一年刻）版畫

圖1—71　長老因兵圍寺報知夫人　卷之二《冰弦寫恨》第一折

圖1—72 鶯見生後情思困臥（一） 卷之二《冰弦寫恨》第一折

1521 《新刊大字魁本全相參增奇妙注釋西廂記》（弘治十一年刻）版畫

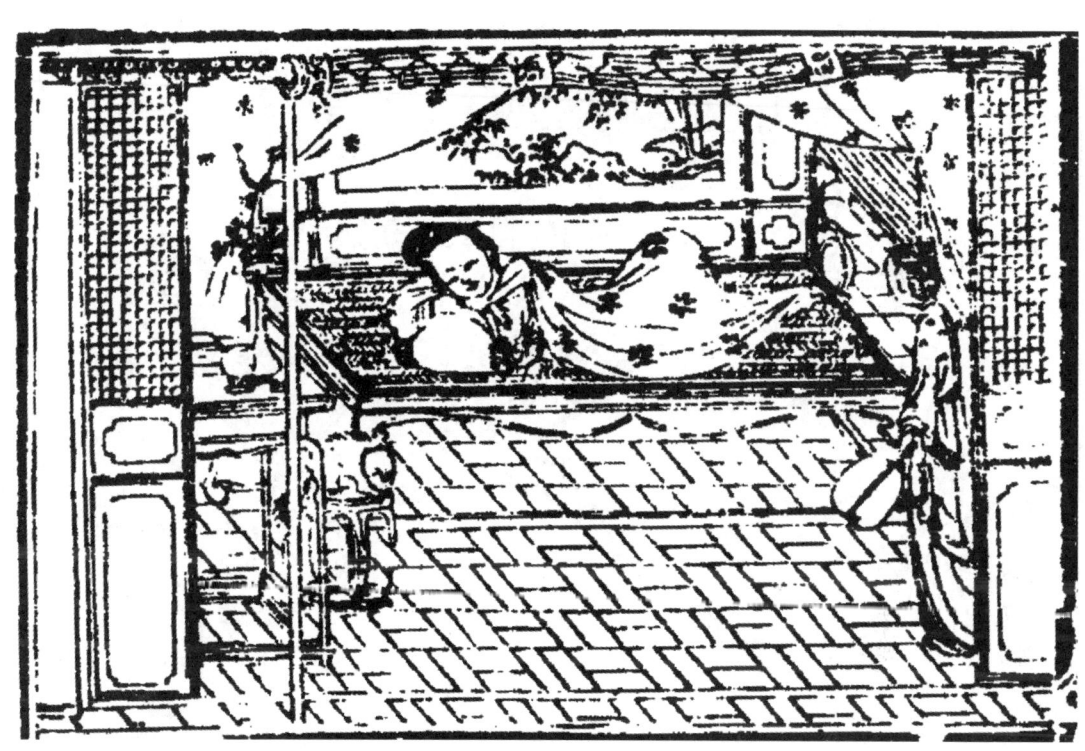

圖1—73　鶯見生後情思困臥（二）　卷之二《冰弦寫恨》第一折

會校會注會評會圖西廂記　1522

圖1-74　鶯見生後情思困臥（三）　卷之二《冰弦寫恨》第一折

圖 1—75　長老同夫人報鶯鶯兵圍普救寺（一）　　卷之二《冰弦寫恨》第一折

1525 《新刊大字魁本全相參增奇妙注釋西廂記》（弘治十一年刻）版畫

圖1—76　長老同夫人報鶯鶯兵圍普救寺（二）　卷之二《冰弦寫恨》第一折

圖 1—77　夫人鶯鶯泣與長老商議退兵（一）　卷之二《冰弦寫恨》第一折

1527 《新刊大字魁本全相參增奇妙注釋西廂記》（弘治十一年刻）版畫

圖1—78　夫人鶯鶯泣與長老商議退兵（二）　卷之二《冰弦寫恨》第一折

圖1—79 張生允答夫人退兵　卷之二《冰弦寫恨》第一折

1529 《新刊大字魁本全相參增奇妙注釋西廂記》（弘治十一年刻）版畫

圖 1-80　鶯鶯喜張生解圍　卷之二《冰弦寫恨》第一折

圖1—81　張生與長老定計退兵　卷之二《冰弦寫恨》第一折

1531 《新刊大字魁本全相參增奇妙注釋西廂記》（弘治十一年刻）版畫

圖1—82　長老與飛虎打話退兵　卷之二《冰弦寫恨》第二折

圖 1—83 張生寫書舉杜將軍解圍（一） 卷之二《冰弦寫恨》第二折

1533 《新刊大字魁本全相參增奇妙注釋西廂記》（弘治十一年刻）版畫

圖1—84　張生寫書舉杜將軍解圍（二）　卷之二《冰弦寫恨》第二折

會校會注會評會圖西廂記　1534

圖1—85　張生寫書舉杜將軍解圍（三）　卷之二《冰弦寫恨》第二折

1535《新刊大字魁本全相參增奇妙注釋西廂記》(弘治十一年刻) 版畫

圖 1—86 張生寫書舉杜將軍解圍（四） 卷之二《冰弦寫恨》第二折

圖1—87 張生寫書舉杜將軍解圍（五） 卷之二《冰弦寫恨》第二折

1537 《新刊大字魁本全相參增奇妙注釋西廂記》（弘治十一年刻）版畫

圖1—88　惠明與衆僧奪路上蒲關　卷之二《冰弦寫恨》第二折

圖 1—89　杜將軍升帳思念張生言聞兵亂　卷之二《冰弦寫恨》第二折

圖1-90 惠明持生書至杜將軍帳（一） 卷之二《冰弦寫恨》第二折

1541 《新刊大字魁本全相參增奇妙注釋西廂記》（弘治十一年刻）版畫

圖 1—91　惠明持生書至杜將軍帳（二）　卷之二《冰弦寫恨》第二折

圖 1—92　惠明持生書至杜將軍帳（三）　卷之二《冰弦寫恨》第二折

1543《新刊大字魁本全相參增奇妙注釋西廂記》（弘治十一年刻）版畫

圖1—93　杜將軍至與夫人同長老張生相見　卷之二《冰弦寫恨》第二折

圖1—94　杜將軍捉飛虎至帳前跪問　卷之二《冰弦寫恨》第三折

1545 《新刊大字魁本全相參增奇妙注釋西廂記》（弘治十一年刻）版畫

圖 1—95　杜將軍退兵辭夫人與生回關　卷之二《冰弦寫恨》第三折

圖 1—96　夫人許請生赴書舍安歇　卷之二《冰弦寫恨》第三折

1547 《新刊大字魁本全相參增奇妙注釋西廂記》（弘治十一年刻）版畫

圖 1-97　張生因紅扣門出應拜接　卷之二《冰弦寫恨》第三折

圖1—98　紅承夫人命請生飲酒（一）　卷之二《冰弦寫恨》第三折

1549 《新刊大字魁本全相參增奇妙注釋西廂記》（弘治十一年刻）版畫

圖1—99　紅承夫人命請生飲酒（二）　卷之二《冰弦寫恨》第三折

圖1—100 紅承夫人命請生飲酒（三） 卷之二《冰弦寫恨》第三折

1551 《新刊大字魁本全相參增奇妙注釋西廂記》（弘治十一年刻）版畫

圖1—101　紅承夫人命請生飲酒（四）　卷之二《冰弦寫恨》第三折

圖 1—102 紅承夫人命請生飲酒（五） 卷之二 《冰弦寫恨》第三折

1553 《新刊大字魁本全相參增奇妙注釋西廂記》（弘治十一年刻）版畫

圖 1—103　紅承夫人命請生飲酒（六）　卷之二《冰弦寫恨》第三折

圖1—104　紅承夫人命請生飲酒（七）　卷之二《冰弦寫恨》第三折

1555《新刊大字魁本全相參增奇妙注釋西廂記》(弘治十一年刻)版畫

圖1—105 生送紅拽門就夫人宴 卷之二《冰弦寫恨》第三折

圖1-106　夫人設宴訓謝張生　卷之二《冰弦寫恨》第三、四折

1557 《新刊大字魁本全相參增奇妙注釋西廂記》（弘治十一年刻）版畫

圖1—107　夫人命紅請鶯遞生酒　卷之二《冰弦寫恨》第三、四折

圖1—108　生寬衣撞鶯鶯倒趑（一）　卷之二《冰弦寫恨》第三、四折

1559《新刊大字魁本全相參增奇妙注釋西廂記》(弘治十一年刻)版畫

圖 1—109　生寬衣撞鶯鶯倒趒（二）　卷之二《冰弦寫恨》第三、四折

圖 1—110　夫人席上命鶯拜生爲兄（一）　卷之二《冰弦寫恨》第四折

1561 《新刊大字魁本全相參增奇妙注釋西廂記》（弘治十一年刻）版畫

圖1—111　夫人席上命鶯拜生爲兄（二）　卷之二《冰弦寫恨》第四折

圖1-112 夫人席上命鶯拜生爲兄（三） 卷之二《冰弦寫恨》第四折

1563 《新刊大字魁本全相參增奇妙注釋西廂記》（弘治十一年刻）版畫

圖1—113　夫人席上命鶯拜生爲兄（四）　卷之二《冰弦寫恨》第四折

圖1—114　鶯鶯對紅怨恨夫人（一）　卷之二《冰弦寫恨》第四折

1565 《新刊大字魁本全相參增奇妙注釋西廂記》（弘治十一年刻）版畫

圖1—115　鶯鶯對紅怨恨夫人（二）　卷之二《冰弦寫恨》第四折

圖1—116 鶯鶯對紅怨恨夫人（三） 卷之二《冰弦寫恨》第四折

1567 《新刊大字魁本全相參增奇妙注釋西廂記》（弘治十一年刻）版畫

圖1—117 張生怨恨夫人背盟 卷之二《冰弦寫恨》第四折

圖1—118　張生跪央紅娘玉成親事　卷之二《冰弦寫恨》第四、五折

1569 《新刊大字魁本全相參增奇妙注釋西廂記》（弘治十一年刻）版畫

圖1—119　紅娘獻計策與生　卷之二《冰弦寫恨》第四、五折

圖1—120 張生祝理琴聲 卷之二《冰弦寫恨》第四、五折

图 1—121　鶯鶯紅娘同游花園燒夜香（一）　卷之二《冰弦寫恨》第四、五折

1573 《新刊大字魁本全相參增奇妙注釋西廂記》(弘治十一年刻) 版畫

圖1—122　鶯鶯紅娘同游花園燒夜香（二）　卷之二《冰弦寫恨》第四、五折

图1—123 鶯聞生操琴步移窗聽（一） 卷之二《冰弦寫恨》第五折

1575 《新刊大字魁本全相參增奇妙注釋西廂記》（弘治十一年刻）版畫

圖 1—124　鶯聞生操琴步移窗聽（二）　卷之二《冰弦寫恨》第五折

圖1-125　鶯聞生操琴步移窗聽（三）　卷之二《冰弦寫恨》第五折

1577 《新刊大字魁本全相參增奇妙注釋西廂記》（弘治十一年刻）版畫

圖1—126　鶯聞生操琴步移窗聽（四）　卷之二《冰弦寫恨》第五折

圖 1—127　鶯近生舍聽琴紅催鶯回（一）　卷之二《冰弦寫恨》第五折

1579 《新刊大字魁本全相參增奇妙注釋西廂記》（弘治十一年刻）版畫

圖1—128　鶯近生舍聽琴紅催鶯回（二）　卷之二《冰弦寫恨》第五折

會校會注會評會圖西廂記　1580

圖1—129　鶯近生舍聽琴紅催鶯回（三）　卷之二《冰弦寫恨》第五折

1581 《新刊大字魁本全相參增奇妙注釋西廂記》（弘治十一年刻）版畫

圖 1—130　卷之三《詩句傳情》卷首

圖1—132　鶯喚紅拜央去望張生（一）　卷之三《詩句傳情》第一折

1583 《新刊大字魁本全相參增奇妙注釋西廂記》（弘治十一年刻）版畫

圖1—133　鶯喚紅拜央去望張生（二）　卷之三《詩句傳情》第一折

圖1—134　張生想鶯染病書齋悶睡　卷之三《詩句傳情》第一折

1585 《新刊大字魁本全相參增奇妙注釋西廂記》（弘治十一年刻）版畫

圖1—135　紅娘承鶯命去望張生　卷之三《詩句傳情》第一折

圖1—136　紅娘濕破紙窗窺視張生　卷之三《詩句傳情》第一折

1587 《新刊大字魁本全相參增奇妙注釋西廂記》（弘治十一年刻）版畫

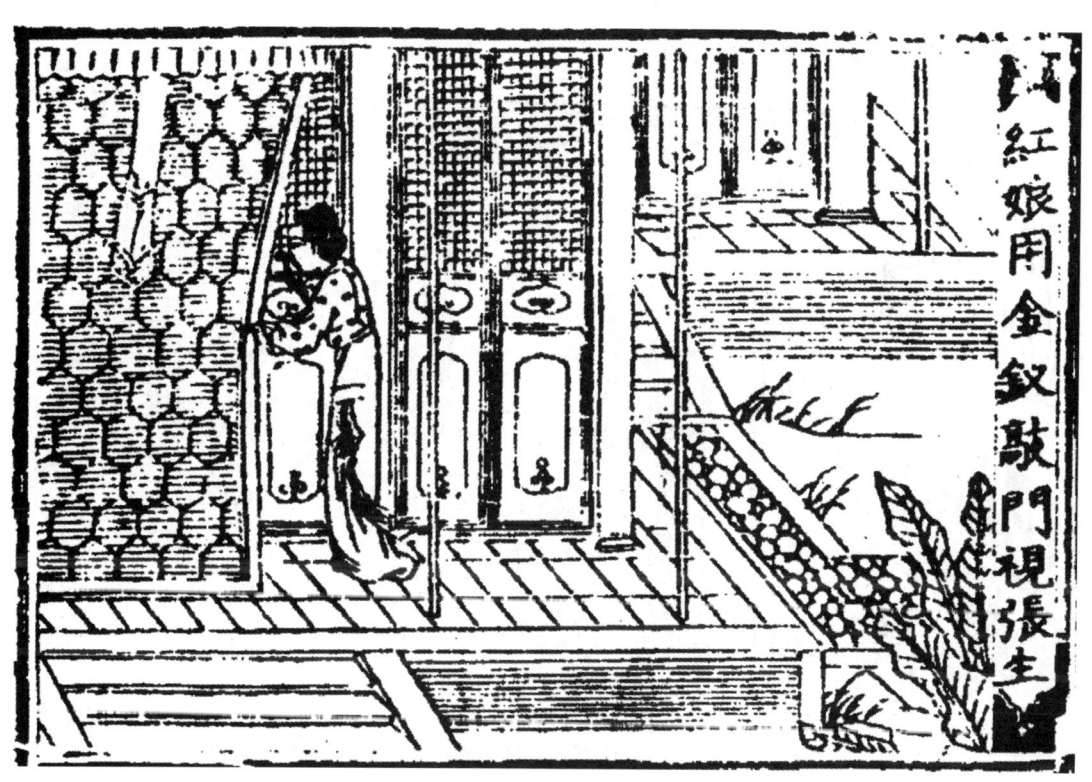

圖 1—137　紅娘用金釵敲門視張生　卷之三《詩句傳情》第一折

圖1—138 張生央紅娘遞緘與張生 卷之三《詩句傳情》第一折

圖1—139 紅娘持張生緘送與鶯鶯(一) 卷之三《詩句傳情》第一折

1591 《新刊大字魁本全相參增奇妙注釋西廂記》（弘治十一年刻）版畫

圖1—140　紅娘持張生緘送與鶯鶯（二）　卷之三《詩句傳情》第一折

圖1—141 張生送紅叮囑遞簡(一) 卷之三《詩句傳情》第一、二折

1593《新刊大字魁本全相參增奇妙注釋西廂記》(弘治十一年刻) 版畫

圖1—142 張生送紅叮囑遞簡（二） 卷之三《詩句傳情》第一、二折

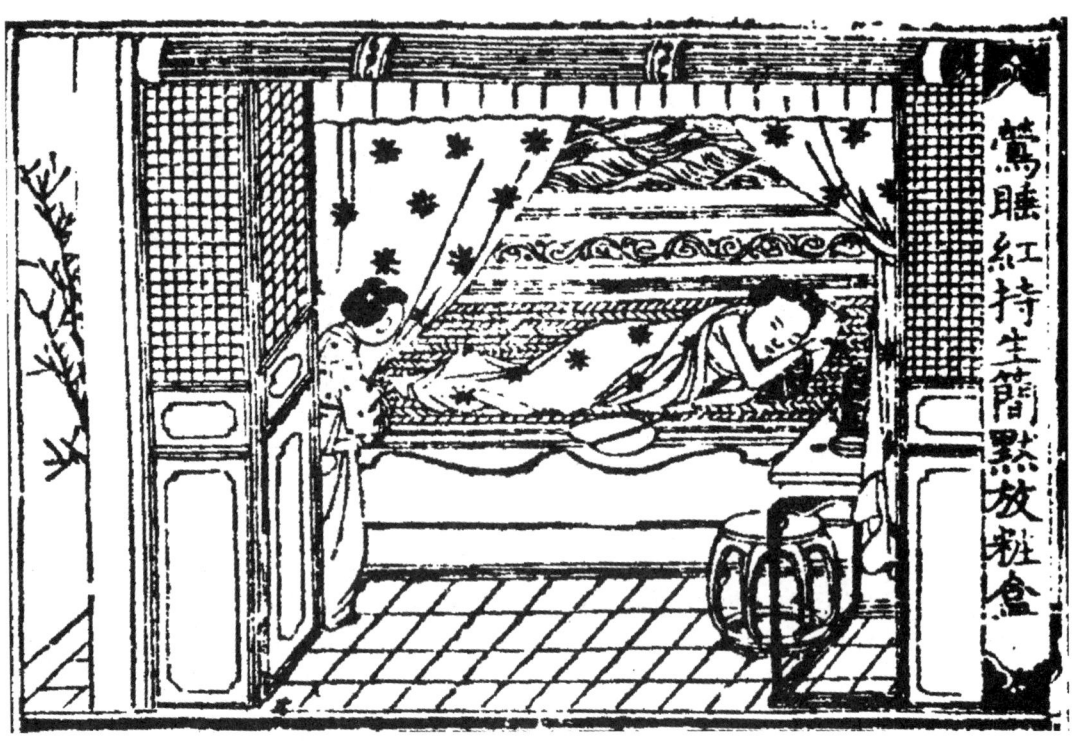

圖1—143　鶯睡紅持生簡默放妝盒　卷之三《詩句傳情》第一、二折

1595 《新刊大字魁本全相參增奇妙注釋西廂記》（弘治十一年刻）版畫

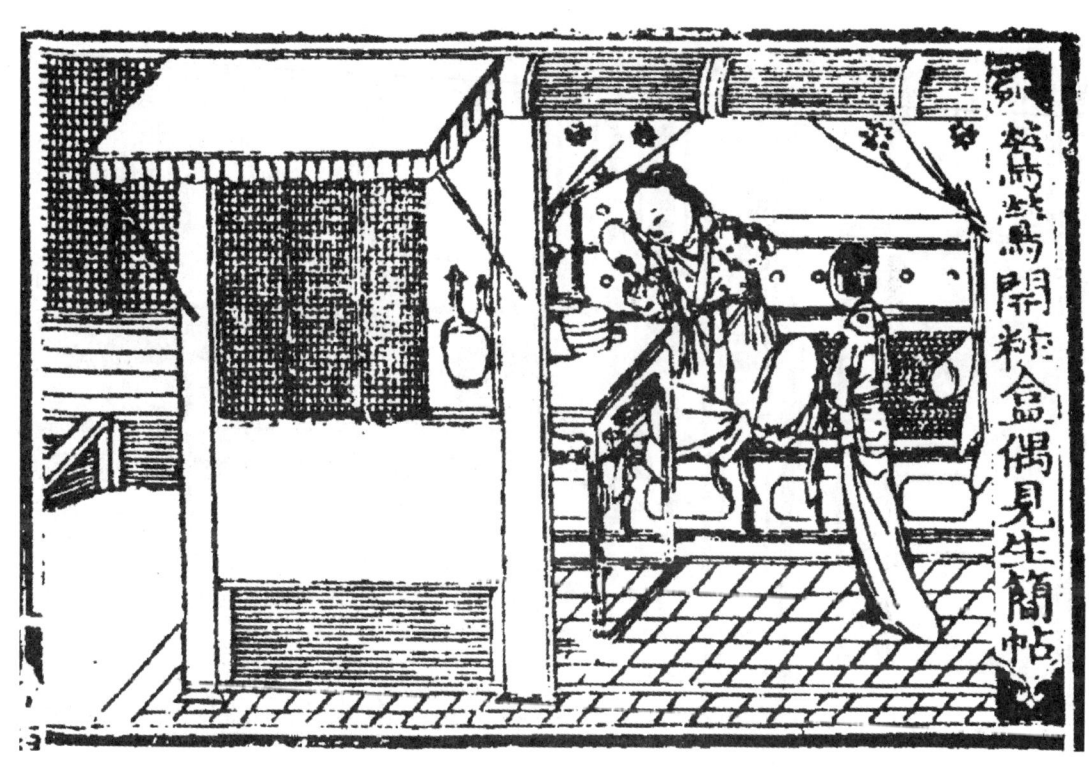

圖1—144　鶯鶯開妝盒偶見生簡帖　卷之三《詩句傳情》第二折

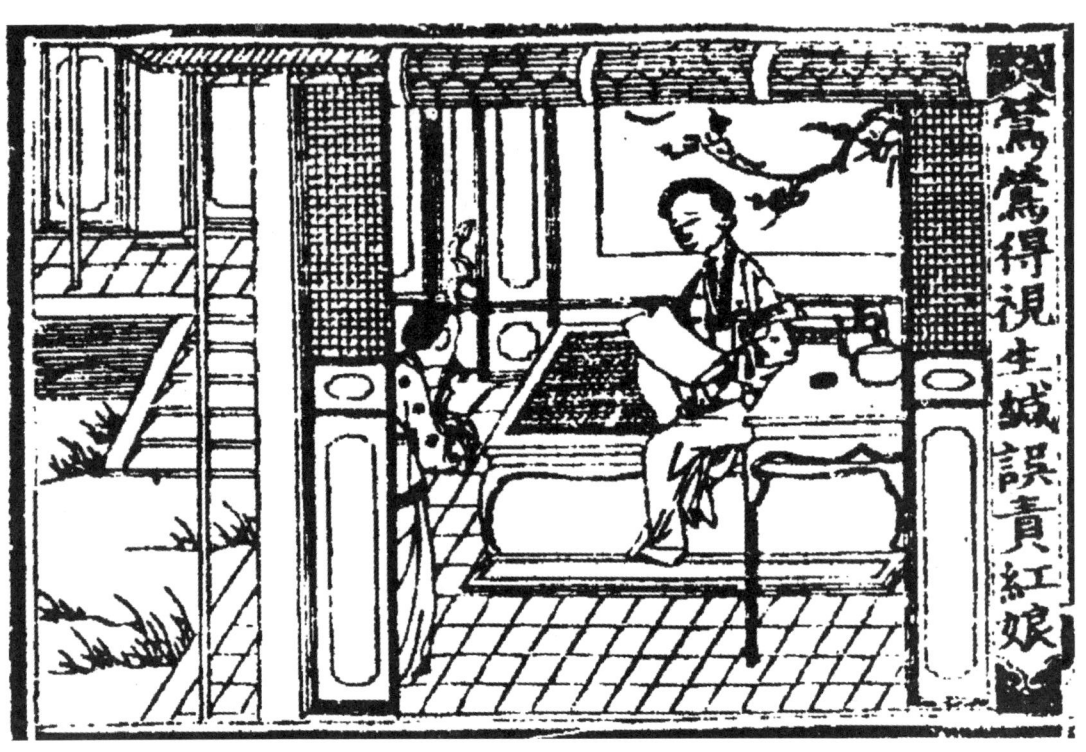

圖 1—145　鶯鶯得視生緘誤責紅娘　卷之三《詩句傳情》第二折

1597 《新刊大字魁本全相參增奇妙注釋西廂記》（弘治十一年刻）版畫

圖1—146　鶯央紅問生紅答生病勢　卷之三《詩句傳情》第二折

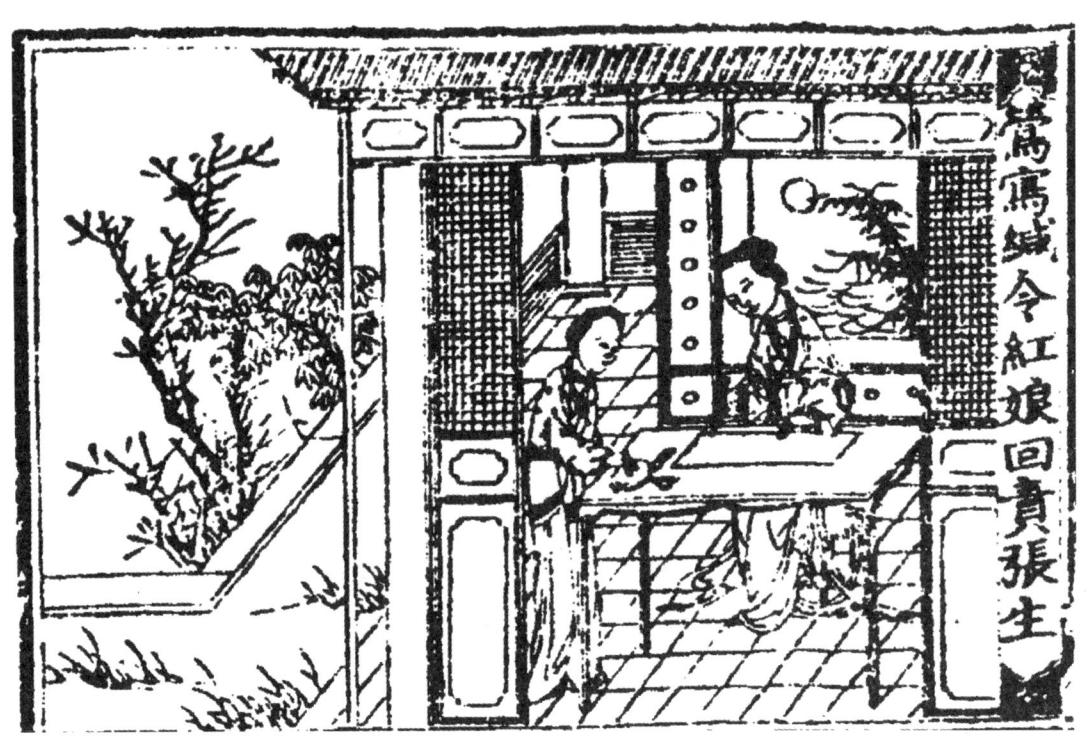

圖1—147　鶯寫緘令紅娘回責張生　卷之三《詩句傳情》第二折

1599 《新刊大字魁本全相參增奇妙注釋西廂記》（弘治十一年刻）版畫

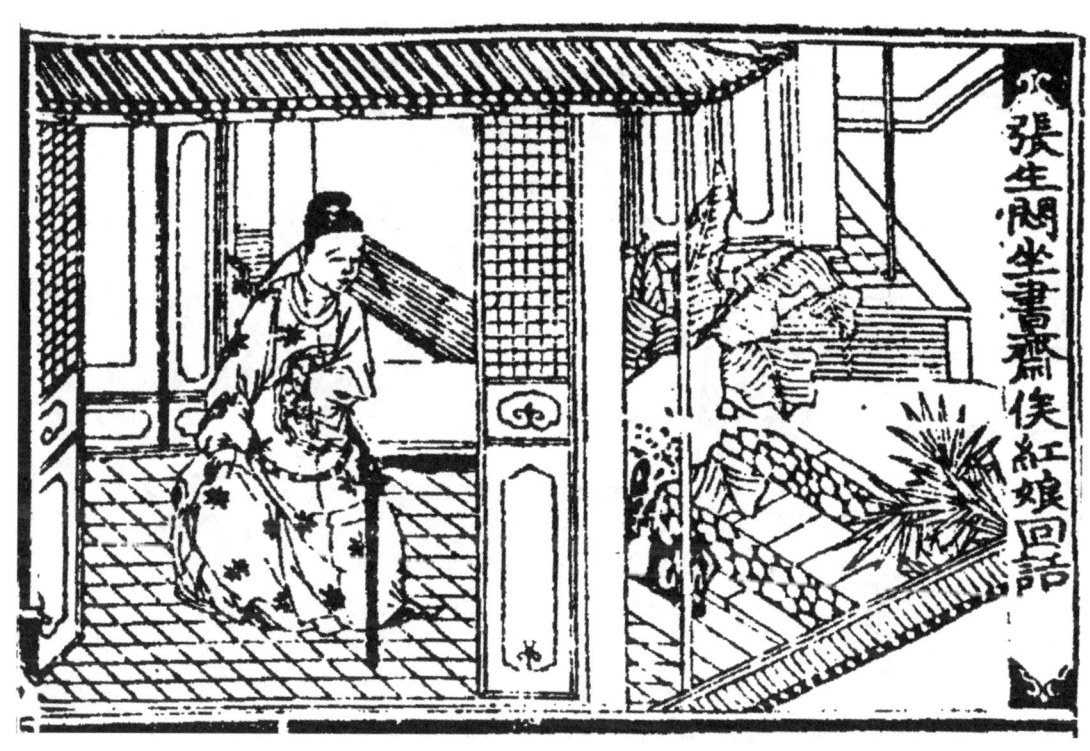

圖1—148　張生悶坐書齋俟紅娘回話　卷之三《詩句傳情》第二折

圖1—149　紅承鶯命去看張生　卷之三《詩句傳情》第二折

1601 《新刊大字魁本全相參增奇妙注釋西廂記》（弘治十一年刻）版畫

圖 1—150　紅回生話譴怨張生　卷之三《詩句傳情》第二折

圖1—151　生跪揪紅央復說鶯事　卷之三《詩句傳情》第二折

圖1—152 紅送鶯簡張生開讀（一） 卷之三《詩句傳情》第二折

1605 《新刊大字魁本全相參增奇妙注釋西廂記》(弘治十一年刻) 版畫

圖 1—153 紅送鶯簡張生開讀（二） 卷之三《詩句傳情》第二折

圖1—154　紅送鶯簡張生開讀（三）　卷之三《詩句傳情》第二折

1607《新刊大字魁本全相參增奇妙注釋西廂記》(弘治十一年刻) 版畫

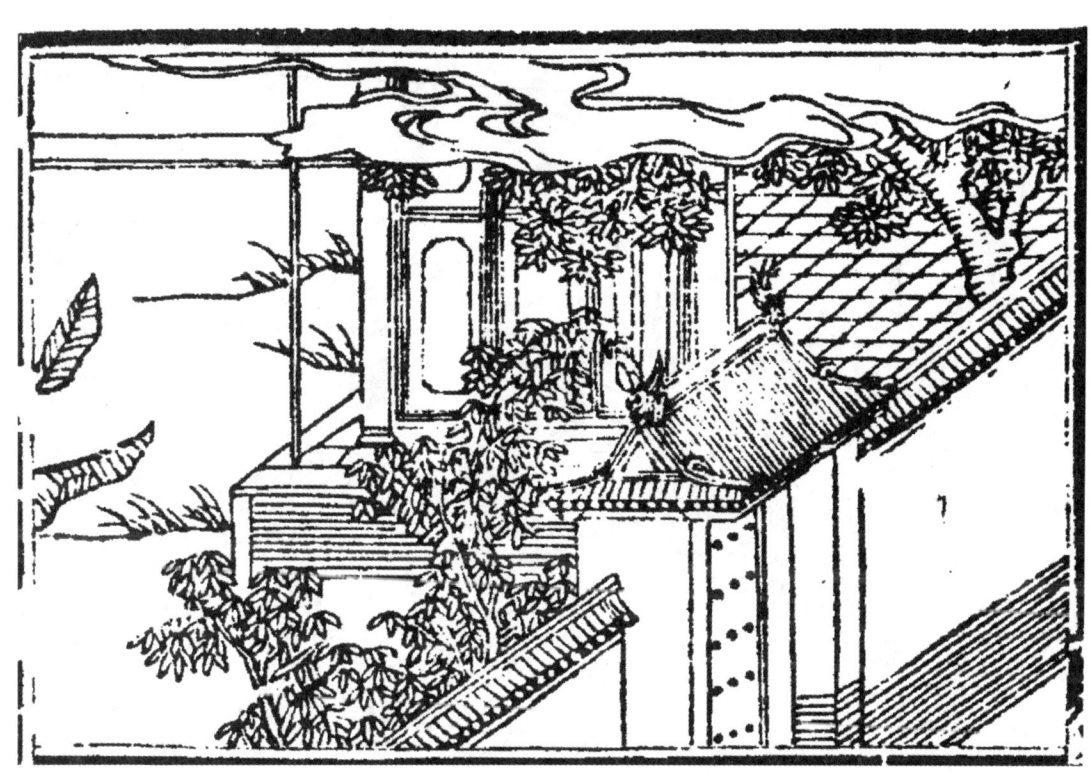

圖1—155　紅送鶯簡張生開讀(四)　卷之三《詩句傳情》第二折

圖 1—156　紅送鶯簡張生開讀（五）　卷之三《詩句傳情》第二折

1609《新刊大字魁本全相參增奇妙注釋西廂記》(弘治十一年刻) 版畫

圖1—157　張生望日落喜赴約　卷之三《詩句傳情》第二折

圖1—158　鶯喚紅花園燒夜香（一）　卷之三《詩句傳情》第二折

1611《新刊大字魁本全相參增奇妙注釋西廂記》(弘治十一年刻) 版畫

圖1—159　鶯喚紅花園燒夜香(二)

圖1—160　紅請鶯湖山旁立去開角門　卷之三《詩句傳情》第三折

1613《新刊大字魁本全相參增奇妙注釋西廂記》(弘治十一年刻) 版畫

圖1—161　張生誤摟紅娘　卷之三《詩句傳情》第三折

圖 1—162　鶯見生跳牆怒詰張生（一）　　卷之三《詩句傳情》第三折

1615 《新刊大字魁本全相參增奇妙注釋西廂記》（弘治十一年刻）版畫

圖1—163　鶯見生跳墻怒詰張生（二）　卷之三《詩句傳情》第三折

圖1—164 鶯嗔生跳墻紅命生跪受責（一） 卷之三《詩句傳情》第三折

1617 《新刊大字魁本全相參增奇妙注釋西廂記》（弘治十一年刻）版畫

圖1—165　鶯嗔生跳墻紅命生跪受責（二）　卷之三《詩句傳情》第三折

圖1—166 張生因鶯背約悶回書舍（一） 卷之三《詩句傳情》第三折

1619 《新刊大字魁本全相參增奇妙注釋西廂記》（弘治十一年刻）版畫

圖1—167　張生因鶯背約悶回書舍（二）　卷之三《詩句傳情》第三折

圖1—168　夫人命紅看生鶯因央紅送藥方　卷之三《詩句傳情》第四折

1621 《新刊大字魁本全相參增奇妙注釋西廂記》(弘治十一年刻) 版畫

圖 1—169　長老承夫人命同醫視生病　卷之三《詩句傳情》第四折

圖 1—170　紅娘與鶯鶯送藥方寄張生　卷之三《詩句傳情》第四折

會校會注會評會圖西廂記　1624

圖 1—171　紅持鶯簡與生生喜開讀（一）　卷之三《詩句傳情》第四折

1625《新刊大字魁本全相參增奇妙注釋西廂記》(弘治十一年刻) 版畫

圖1—172 紅持鶯簡與生生喜開讀（二） 卷之三《詩句傳情》第四折

圖1—173　紅持鶯簡與生生喜開讀（三）　卷之三《詩句傳情》第四折

1627 《新刊大字魁本全相參增奇妙注釋西廂記》（弘治十一年刻）版畫

圖1—174　紅持鶯簡與生生喜開讀（四）　卷之三《詩句傳情》第四折

會校會注會評會圖西廂記　1628

圖 1—175　紅娘攜衾枕送入生舍（一）　卷之三《詩句傳情》第四折

1629 《新刊大字魁本全相參增奇妙注釋西廂記》（弘治十一年刻）版畫

圖 1-176　紅娘攜衾枕送入生舍（二）　卷之三《詩句傳情》第四折

圖1—177　紅娘携衾枕送入生舍（三）　卷之三《詩句傳情》第四折

1631 《新刊大字魁本全相參增奇妙注釋西廂記》（弘治十一年刻）版畫

圖1—178　紅恐嚇鶯鶯去赴生約　卷之四《雨雲幽會》第一折

會校會注會評會圖西廂記 1632

圖 1—179 紅催逼鶯鶯去赴生約 卷之四《雨雲幽會》第一折

圖1—180　張生佇立閑階候鶯鶯赴約（一）　卷之四《雨雲幽會》第一折

1635《新刊大字魁本全相參增奇妙注釋西厢記》(弘治十一年刻)版畫

圖1—181 張生佇立閑階候鶯鶯赴約(二) 卷之四《雨雲幽會》第一折

圖 1—182　張生佇立閑階候鶯鶯赴約（三）　卷之四《雨雲幽會》第一折

1637 《新刊大字魁本全相參增奇妙注釋西廂記》（弘治十一年刻）版畫

圖1—183　張生佇立閑階候鶯鶯赴約（四）　卷之四《雨雲幽會》第一折

圖1—184　鶯鶯赴約張生跪接　卷之四《雨雲幽會》第一折

圖 1—185　生解鶯衣雲雨紅偷視（一）　卷之四《雨雲幽會》第一折

1641 《新刊大字魁本全相參增奇妙注釋西廂記》（弘治十一年刻）版畫

圖1—186　生解鶯衣雲雨紅偷視（二）　卷之四《雨雲幽會》第一折

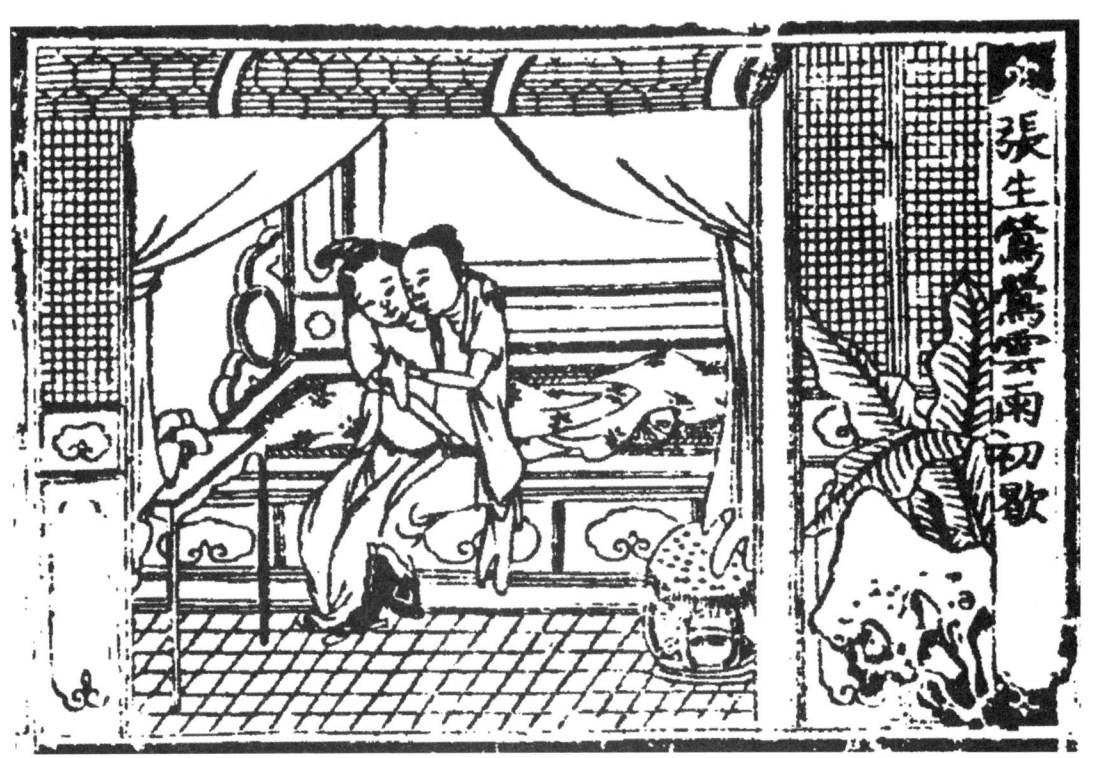

圖1—187　張生鶯鶯雲雨初歇　卷之四《雨雲幽會》第一折

1643 《新刊大字魁本全相參增奇妙注釋西廂記》（弘治十一年刻）版畫

圖1—188　生謝紅紅催鶯回蘭舍　卷之四《雨雲幽會》第一、二折

圖1—189　張生送鶯鶯回蘭舍　卷之四《雨雲幽會》第一、二折

1645 《新刊大字魁本全相參增奇妙注釋西廂記》（弘治十一年刻）版畫

圖1—190　夫人命歡郎喚紅問鶯鶯事　卷之四《雨雲幽會》第一、二折

圖 1—191　鶯鶯央囑紅娘夫人前飾非（一）　卷之四《雨雲幽會》第一、二折

1647 《新刊大字魁本全相參增奇妙注釋西廂記》（弘治十一年刻）版畫

圖1—192　鶯鶯央囑紅娘夫人前飾非（二）　卷之四《雨雲幽會》第一、二折

會校會注會評會圖西廂記　1648

圖 1—193　夫人喚紅跪問怒詰（一）　卷之四《雨雲幽會》第二折

1649 《新刊大字魁本全相參增奇妙註釋西廂記》（弘治十一年刻）版畫

圖1—194　夫人喚紅跪問怒詰（二）　卷之四《雨雲幽會》第二折

圖1—195　夫人喚紅跪問怒詰（三）　卷之四《雨雲幽會》第二折

1651 《新刊大字魁本全相參增奇妙注釋西廂記》（弘治十一年刻）版畫

圖1—196　紅娘喚鶯鶯見夫人　卷之四《雨雲幽會》第二折

圖1—197　鶯鶯見夫人夫人歷責　卷之四《雨雲幽會》第二折

1653 《新刊大字魁本全相參增奇妙注釋西廂記》（弘治十一年刻）版畫

圖1—198　紅承夫人命請生成親事　卷之四《雨雲幽會》第二折

圖1—199　夫人命生鶯成親畢催生赴科去　卷之四《雨雲幽會》第二折

1655 《新刊大字魁本全相參增奇妙注釋西廂記》（弘治十一年刻）版畫

圖1-200　張生赴科與鶯鶯相別　卷之四《雨雲幽會》第三折

會校會注會評會圖西廂記　1656

圖1-201　鶯鶯送張生赴科去　卷之四《雨雲幽會》第三折

圖1—202　夫人鶯鶯同長老長亭餞送張生（一）　卷之四《雨雲幽會》第三折

1659 《新刊大字魁本全相參增奇妙注釋西廂記》(弘治十一年刻) 版畫

圖1—203　夫人鶯鶯同長老長亭餞送張生 (二)　　卷之四《雨雲幽會》第三折

會校會注會評會圖西廂記　1660

圖1—204　夫人鶯鶯同長老長亭餞送張生（三）　卷之四《雨雲幽會》第三折

1661 《新刊大字魁本全相参增奇妙注释西厢记》(弘治十一年刻)版画

图 1—205　夫人莺莺同长老长亭饯送张生（四）　卷之四《雨云幽会》第三折

圖 1—206　夫人同長老送生辭別先回　卷之四《雨雲幽會》第三折

圖1-207 鶯送生分別辭泣（一） 卷之四《雨雲幽會》第三折

1665 《新刊大字魁本全相參增奇妙注釋西廂記》(弘治十一年刻) 版畫

圖 1—208　鶯送生分別辭泣（二）　卷之四《雨雲幽會》第三折

圖1-209 鶯送生分別辭泣（三） 卷之四《雨雲幽會》第三折

1667 《新刊大字魁本全相參增奇妙注釋西廂記》（弘治十一年刻）版畫

圖1—210　鶯送生分別辭泣（四）　卷之四《雨雲幽會》第三折

圖1—211　鶯送生分別辭泣（五）　卷之四《雨雲幽會》第三折

1669 《新刊大字魁本全相參增奇妙注釋西廂記》(弘治十一年刻) 版畫

圖1—212 鶯送生分別辭泣（六） 卷之四《雨雲幽會》第三折

會校會注會評會圖西廂記　1670

圖1—213　張生至旅館投宿　卷之四《雨雲幽會》第四折

會校會注會評會圖西廂記　1672

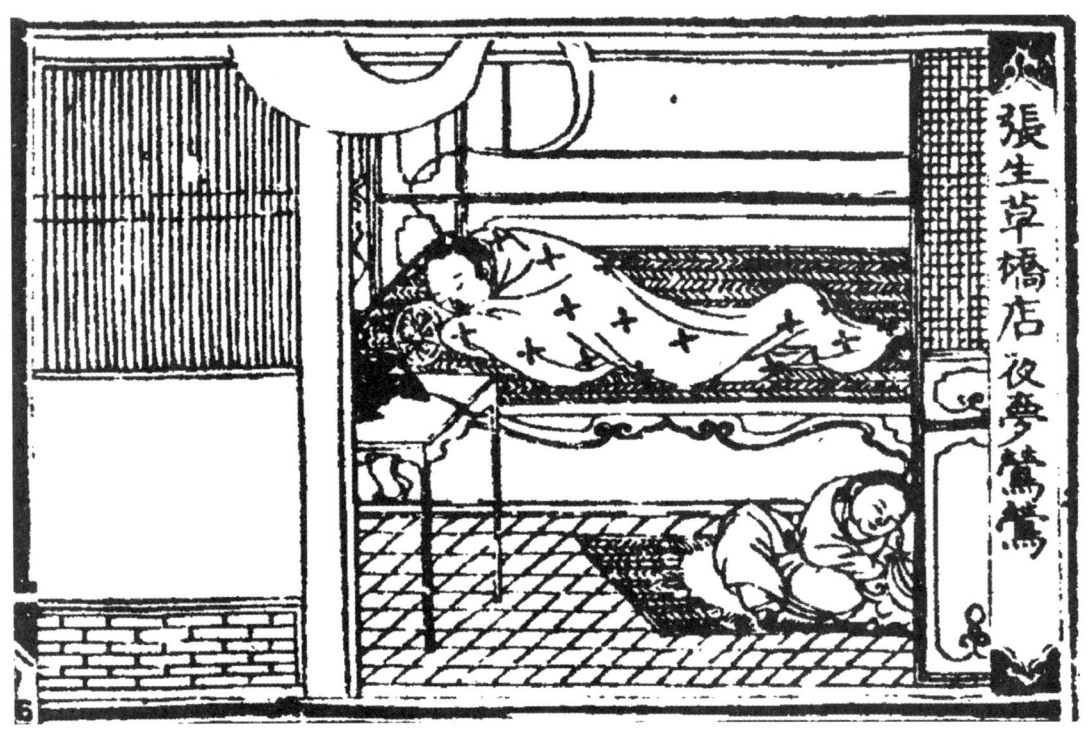

圖1—214　張生草橋店夜夢鶯鶯（一）　卷之四《雨雲幽會》第四折

1673《新刊大字魁本全相參增奇妙注釋西廂記》(弘治十一年刻)版畫

圖1—215　張生草橋店夜夢鶯鶯（二）　卷之四《雨雲幽會》第四折

圖 1—216　生店中夜夢鶯鶯扣門出接（一）　卷之四《雨雲幽會》第四折

1675 《新刊大字魁本全相參增奇妙注釋西廂記》（弘治十一年刻）版畫

圖 1—217　生店中夜夢鶯鶯扣門出接（二）　卷之四《雨雲幽會》第四折

圖1-218　生店夢盜趕鶯鶯出店拒盜　卷之四《雨雲幽會》第四折

1677《新刊大字魁本全相參增奇妙註釋西廂記》（弘治十一年刻）版畫

圖1-219　生夢醒出店觀看天色　卷之四《雨雲幽會》第四折

圖 1—220　張生起程算還店主房價　卷之四《雨雲幽會》第四折、卷之五《天賜團圓》第一折

1679 《新刊大字魁本全相參增奇妙注釋西廂記》（弘治十一年刻）版畫

圖 1—221　生及第寫書命琴童寄鶯鶯　卷之四《雨雲幽會》第四折、卷之五《天賜團圓》第一折

圖1—222 鶯鶯悶坐思憶張生　卷之四《雨雲幽會》第四折、卷之五《天賜團圓》第一折

1681 《新刊大字魁本全相參增奇妙注釋西廂記》（弘治十一年刻）版畫

圖1—223　鶯鶯因悶同紅上妝樓游觀　卷之四《雨雲幽會》第四折、卷之五《天賜團圓》第一折

會校會注會評會圖西廂記　1682

圖 1—224　琴童至紅命候報知鶯　卷之五《天賜團圓》第一折

1683 《新刊大字魁本全相參增奇妙注釋西廂記》（弘治十一年刻）版畫

圖1—225　鶯鶯接琴童書泣下　卷之五《天賜團圓》第一折

圖1—226 鶯鶯開讀張生書（一） 卷之五《天賜團圓》第一折

1685《新刊大字魁本全相參增奇妙注釋西廂記》(弘治十一年刻)版畫

圖1—227　鶯鶯開讀張生書（二）　卷之五《天賜團圓》第一折

圖1—228　鶯鶯命童吃飯寫書寄生　卷之五《天賜團圓》第一折

圖1—229　鶯鶯命琴童寄放襪等物與生（一）　卷之五《天賜團圓》第一折

1689 《新刊大字魁本全相參增奇妙注釋西廂記》（弘治十一年刻）版畫

圖1—230　鶯鶯命琴童寄放襪等物與生（二）　卷之五《天賜團圓》第一折

圖 1—231　琴童回任拜辭鶯鶯　卷之五《天賜團圓》第一折

1691 《新刊大字魁本全相參增奇妙注釋西廂記》（弘治十一年刻）版畫

圖 1—232　琴童得鶯書回任去　卷之五《天賜團圓》第一、二折

圖1—233　張生在驛染病悶坐　卷之五《天賜團圓》第一、二折

1693 《新刊大字魁本全相參增奇妙注釋西廂記》（弘治十一年刻）版畫

圖 1—234　張生在驛接鶯鶯與琴童回書　卷之五《天賜團圓》第一、二折

圖 1—235　張生開讀鶯鶯回書（一）　　卷之五《天賜團圓》第一、二折

1695 《新刊大字魁本全相參增奇妙注釋西廂記》（弘治十一年刻）版畫

圖 1—236　張生開讀鶯鶯回書（二）　卷之五《天賜團圓》第一、二折

圖 1—237　生携鶯寄物件對琴童誇美（一）　卷之五《天賜團圓》第二折

1697《新刊大字魁本全相參增奇妙注釋西廂記》（弘治十一年刻）版畫

圖1—238　生攜鶯寄物件對琴童誇美（二）　卷之五《天賜團圓》第二折

會校會注會評會圖西廂記 1698

圖1-239 張生問琴童臨行鶯囑的話（一） 卷之五《天賜團圓》第二折

1699 《新刊大字魁本全相參增奇妙注釋西廂記》（弘治十一年刻）版畫

圖1—240　張生問琴童臨行鶯囑的話（二）　卷之五《天賜團圓》第二折

會校會注會評會圖西廂記　1700

圖1—241　張生分付琴童放鶯寄物下箱（一）　卷之五《天賜團圓》第二折

1701 《新刊大字魁本全相參增奇妙注釋西廂記》（弘治十一年刻）版畫

圖 1—242　張生分付琴童放鶯寄物下箱（二）　卷之五《天賜團圓》第二折

圖 1—243　鶯喜生及第命童持香紙拜謝神祠　卷之五《天賜團圓》第二折

1703 《新刊大字魁本全相參增奇妙注釋西廂記》（弘治十一年刻）版畫

圖1—244　鄭恆至蒲東喚紅説親事　卷之五《天賜團圓》第三折

圖1—245　鄭恒扣紅紅答鄭恒（一）　卷之五《天賜團圓》第三折

1705 《新刊大字魁本全相參增奇妙注釋西廂記》(弘治十一年刻) 版畫

圖 1—246　鄭恒扣紅紅答鄭恒 (二)　卷之五《天賜團圓》第三折

圖 1-247　鄭恒扣紅紅答鄭恒（三）　卷之五《天賜團圓》第三折

1707 《新刊大字魁本全相參增奇妙注釋西廂記》（弘治十一年刻）版畫

圖1—248　鄭恒扣紅紅答鄭恒（四）　卷之五《天賜團圓》第三折

會校會注會評會圖西廂記　1708

圖 1—249　鄭恒扣紅紅答鄭恒（五）　卷之五《天賜團圓》第三折

1709 《新刊大字魁本全相參增奇妙注釋西廂記》（弘治十一年刻）版畫

圖1—250　鄭恒扣紅紅答鄭恒（六）　卷之五《天賜團圓》第三折

圖1—251　鄭恒扣紅紅答鄭恒（七）　卷之五《天賜團圓》第三折

1711 《新刊大字魁本全相參增奇妙注釋西廂記》（弘治十一年刻）版畫

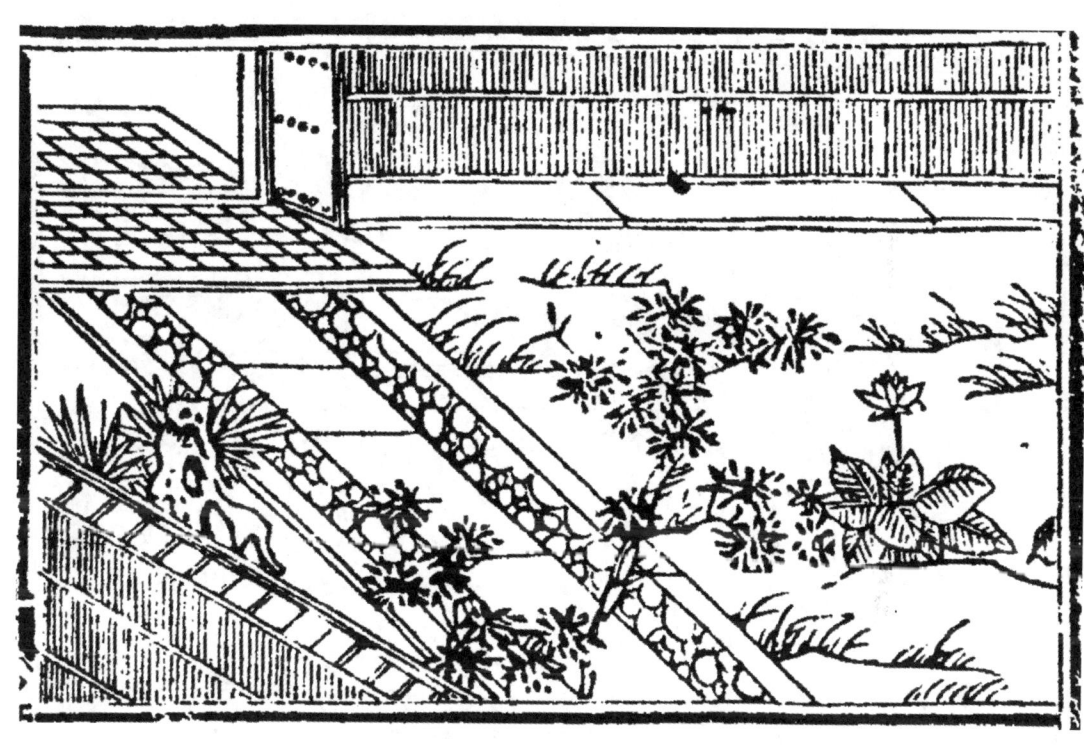

圖 1—252　鄭恒扣紅紅答鄭恒（八）　卷之五《天賜團圓》第三折

會校會注會評會圖西廂記　1712

圖1—253　鄭恒與紅娘拆辯鶯鶯事　卷之五《天賜團圓》第三折

1713《新刊大字魁本全相參增奇妙注釋西廂記》(弘治十一年刻) 版畫

圖1—254　鄭恆見夫人泣拜　卷之五《天賜團圓》第三折

圖 1-255 鄭恒對夫人謗張生　卷之五《天賜團圓》第三折

1715 《新刊大字魁本全相參增奇妙注釋西廂記》（弘治十一年刻）版畫

圖 1—256　杜將軍賀生長老亦至　卷之五《天賜團圓》第三、四折

圖1-257　夫人分付置酒招鄭恒爲婿　卷之五《天賜團圓》第三、四折

1717《新刊大字魁本全相參增奇妙注釋西廂記》(弘治十一年刻) 版畫

圖 1—258　生衣錦還鄉　卷之五《天賜團圓》第三、四折

圖1—259　張生榮歸拜見夫人夫人怒責（一）　卷之五《天賜團圓》第三、四折

1719 《新刊大字魁本全相参增奇妙注释西厢记》(弘治十一年刻) 版画

图1-260 张生荣归拜见夫人夫人怒责(二) 卷之五《天赐团圆》第三、四折

圖1—261　夫人喚紅與生證鄭恒話（一）　卷之五《天賜團圓》第四折

1721 《新刊大字魁本全相參增奇妙注釋西廂記》（弘治十一年刻）版畫

圖1—262　夫人喚紅與生證鄭恒話（二）　卷之五《天賜團圓》第四折

圖1—263 紅請鶯與生對夫人相問（一） 卷之五《天賜團圓》第四折

1723 《新刊大字魁本全相參增奇妙注釋西廂記》(弘治十一年刻) 版畫

圖1—264　紅請鶯與生對夫人相問(二)　卷之五《天賜團圓》第四折

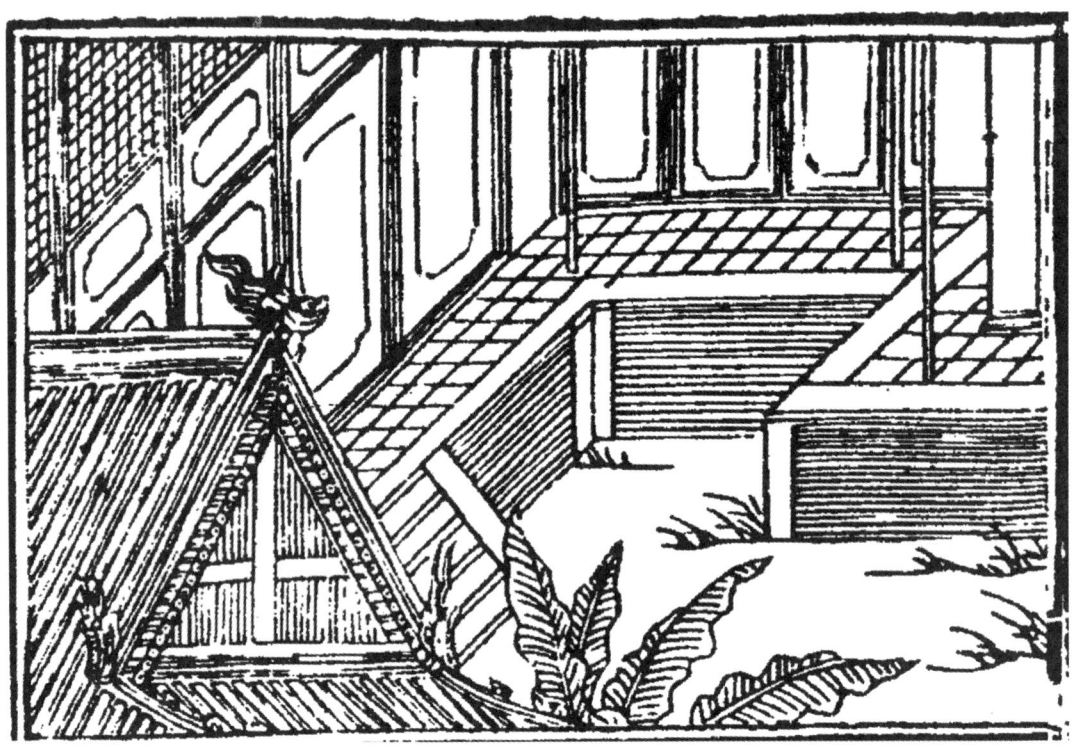

圖1—265 紅請鶯與生對夫人相問（三） 卷之五《天賜團圓》第四折

1725 《新刊大字魁本全相參增奇妙注釋西廂記》（弘治十一年刻）版畫

圖 1—266　紅對夫人說張生決無娶親事　卷之五《天賜團圓》第四折

圖1—267　長老與夫人言鶯鶯可與張生成親　卷之五《天賜團圓》第四折

1727《新刊大字魁本全相參增奇妙注釋西廂記》(弘治十一年刻) 版畫

圖1-268　杜將軍長老與夫人說生親事　卷之五《天賜團圓》第四折

圖1—269 鄭恒因杜將軍主親與生觸樹死（一） 卷之五《天賜團圓》第四折

1729 《新刊大字魁本全相參增奇妙注釋西廂記》(弘治十一年刻) 版畫

圖1—270 鄭恒因杜將軍主親與生觸樹死（二） 卷之五《天賜團圓》第四折

圖1—271　鄭恒因杜將軍主親與生觸樹死（三）　卷之五《天賜團圓》第四折

1731 《新刊大字魁本全相參增奇妙註釋西廂記》（弘治十一年刻）版畫

圖1—272　杜將軍與生鶯成親同夫人宴　卷之五《天賜團圓》第四折

圖1—273　張生與鶯鶯赴任　卷之五《天賜團圓》第四折

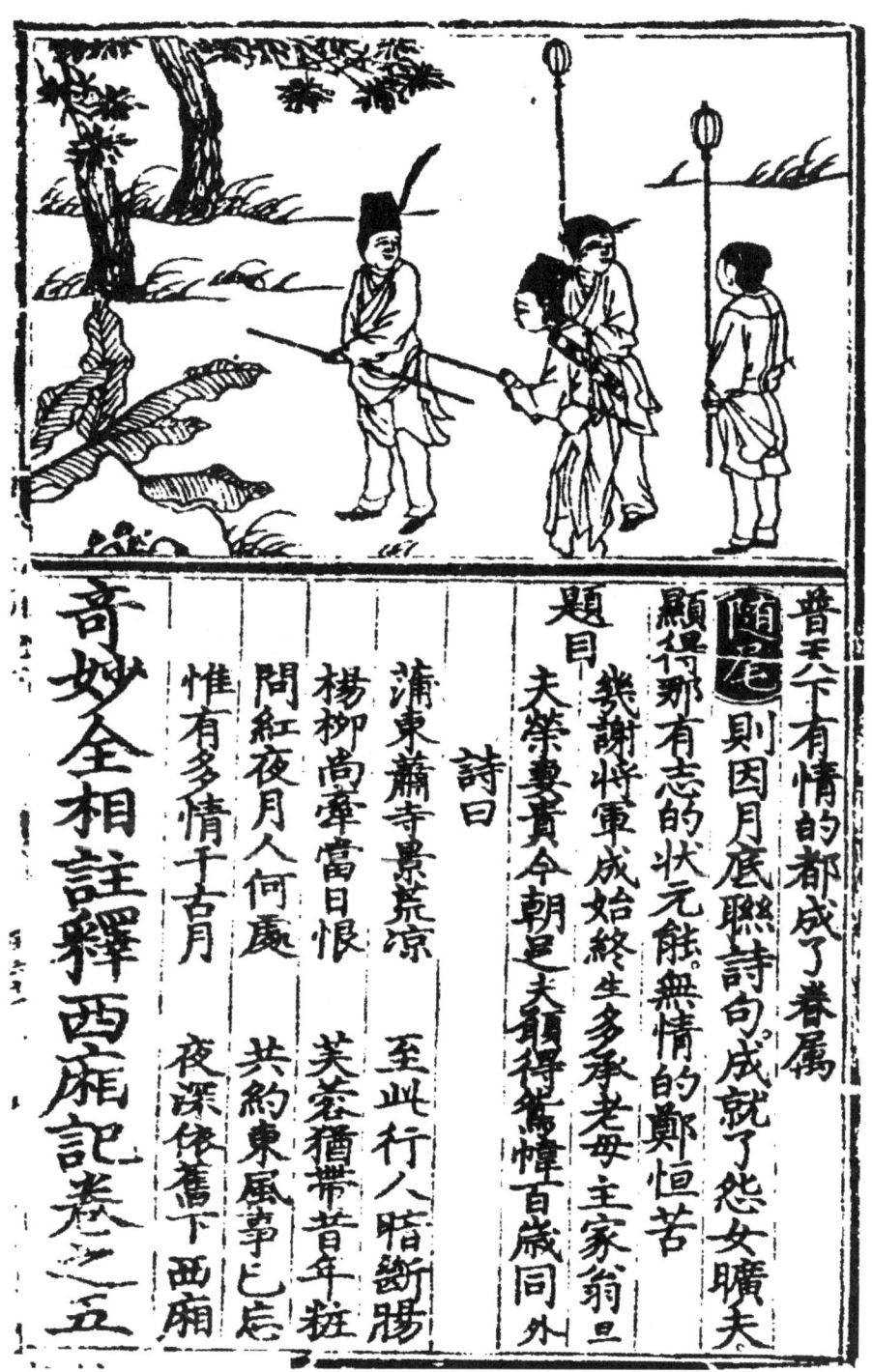

普天下有情的都成了眷属

【圆】则因月底联诗句，成就了怨女旷夫。显得那有志的状元能无情的郑恒苦。

几谢将军成始终，生多承老母主家翁。夫荣妻贵今朝旦，夫妇得双幛百岁同。外

题目

夫荣妻贵今朝旦　夫妇得双幛百岁同

诗曰

蒲东萧寺景荒凉　至此行人暗断肠

杨柳尚牵当日恨　芙蓉犹带昔年粧

问红夜月人何处　共约东风事已忘

惟有多情十古月　夜深依旧下西厢

奇妙全相註釋西廂記卷之五

圖1-274　卷之五《天賜團圓》第四折

《重刻元本題評音釋西廂記》（熊龍峰忠正堂刊）版畫

《重刻元本題評音釋西廂記》明萬曆二十年（1592）熊龍峰刊余瀘東訂，簡稱"熊龍峰本"，國内已無藏本，原本藏于日本内閣文庫。與劉龍田喬山堂刻本同。

是書除第四齣《齋壇鬧會》、第七齣《背義停婚》、第十八齣《尺素緘愁》、第二十齣《衣錦還鄉》四齣無圖外，其餘每齣均有一幅版畫。附錄《鶯紅下棋》、《園林午夢》、《錢塘夢》亦各一幅版畫，均爲單面版畫，共有版畫19幅。

每幅版畫均有一對聯語。如第一齣"佛殿奇逢"："佛殿遇嬌娥，送目千瞧無限意；歸庭逢秀士，回頭一顧許多情"；第八齣"琴心寫懷"："月下挑弦，訴恨者先存其意；花前聽韵，知音者已解其心"。

圖 2—1 石匣葬孤骸月下遙聞來玉珮,錢塘懸夜夢窗前驚醒續瑤篇 附錄《錢塘夢》

1737 《重刻元本題評音釋西廂記》（熊龍峰忠正堂刊）版畫

圖 2—2　佛殿遇嬌娥送目千瞧無限意，歸庭逢秀士回頭一顧許多情　第一齣《佛殿奇逢》

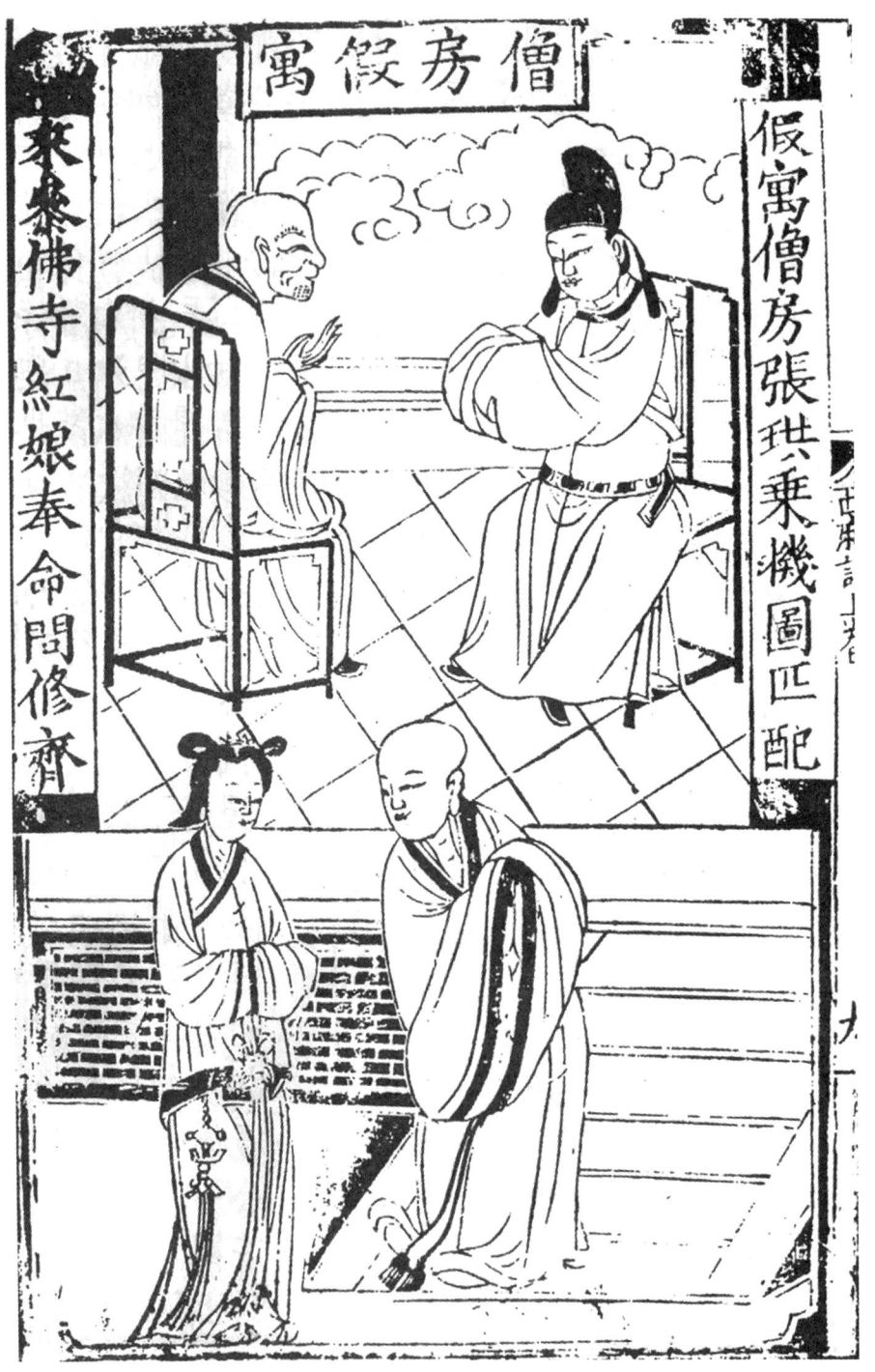

圖 2—3　假寓僧房張珙乘機圖匹配，來參佛寺紅娘奉命問修齋　第二齣《僧房假寓》

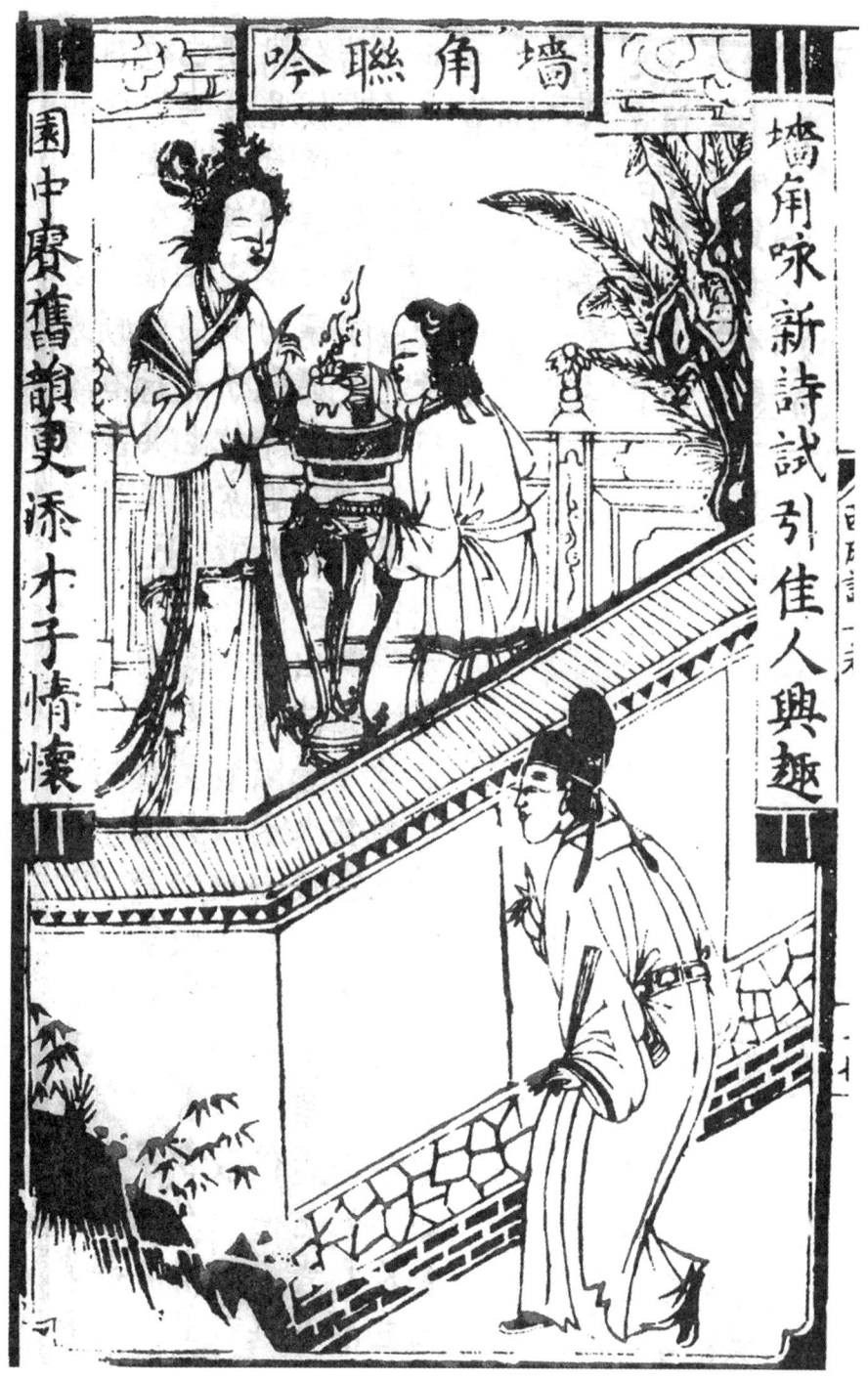

图 2−4 墙角咏新诗试引佳人兴趣，园中赓旧韵更添才子情怀 第三齣《墙角联吟》

图2—5 普救贼围张学士得姻缘繾绻伸简牍，蒲关兵至杜将军为友谊始动干戈 第五齣《白马解围》

1741 《重刻元本題評音釋西廂記》（熊龍峰忠正堂刊）版畫

圖2—6 紅娘奉命來迎東閣宏開酬采筆，君瑞聞言請宴西廂隨步赴藍橋 第六齣
《紅娘請宴》

图 2-7　月下挑弦诉恨者先存其意，花前听韵知音者已解其心　第八齣《琴心写怀》

1743 《重刻元本題評音釋西廂記》（熊龍峰忠正堂刊）版畫

圖 2—8　意求鸞鳳莫能成虧張珙病纏書舍，欲寄鱗鴻無自達托紅娘遞到妝樓　第九齣《錦字傳情》

圖2—9 發來假怒一場明掩思春外迹，回奉新詩四句暗藏乘夜中情 第十齣《玉臺窺簡》

1745《重刻元本題評音釋西廂記》(熊龍峰忠正堂刊)版畫

圖2—10 雖道文才海樣深尚難猜四言詩句,誰知色膽天來大却易跳百尺垣墻 第十一齣《乘夜逾墻》

圖 2—11　紅送藥方片紙暗傳雲雨約，生聞信息數言勝服洞靈丹　第十二齣《倩紅問病》

1747《重刻元本題評音釋西廂記》(熊龍峰忠正堂刊)版畫

圖2—12 佇立閑階月下候佳人密約，出離畫閣花前赴才子幽期 第十三齣《月下佳期》

圖2—13 小紅娘訴一段緣因將無做有，老夫人主百年姻眷弄假成真 第十四齣《堂前巧辯》

1749《重刻元本題評音釋西廂記》(熊龍峰忠正堂刊)版畫

圖2—14　今朝酒別長亭繾綣前來把盞，异日名題金榜叮嚀早整歸鞭　第十五齣《秋暮離懷》

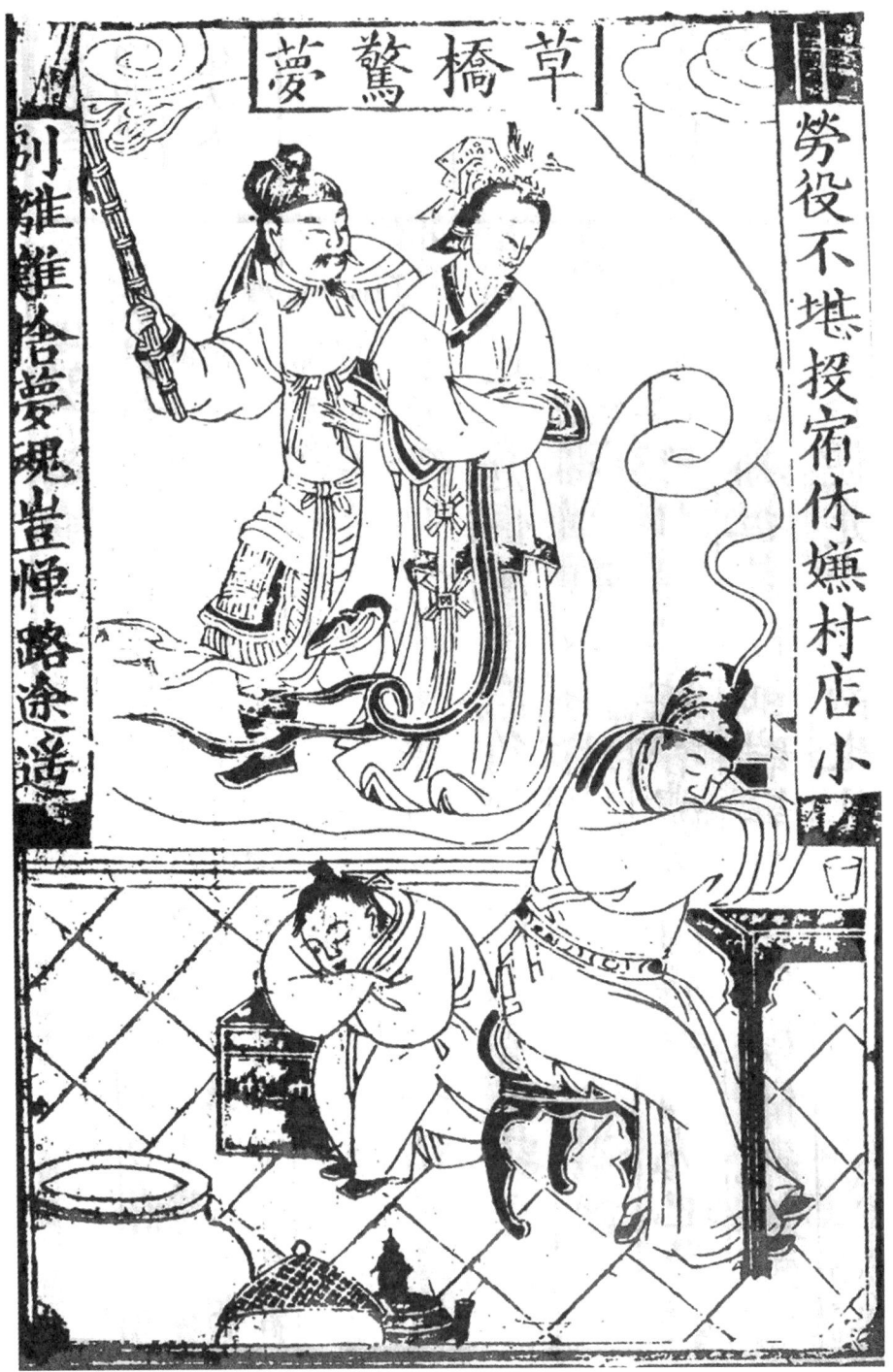

圖 2—15　勞役不堪投宿休嫌村店小，別離難捨夢魂豈憚路途遙　第十六齣《草橋驚夢》

1751 《重刻元本題評音釋西廂記》（熊龍峰忠正堂刊）版畫

圖2—16　才子奪魁書寄一封歸捷報，佳人回簡物緘六事慰相思　第十七齣《泥金捷報》

圖 2—17 驀地見紅娘為造崔門修舊好，當場辭鄭子已言張氏締新婚　第十九齣《詭謀求配》

圖 2—18　萬花亭上著圍棋勝負却因頻點指，孤月臺前思竊玉姻緣不就倍傷心　《鶯紅對弈》

图 2—19 困倦一漁翁熟睡眠成午夢,風流雙士女齊來講論春情 附錄《園林午夢》

《重刻元本題評音釋西廂記》（劉龍田喬山堂刊）版畫

　　《重刻元本題評音釋西廂記》，明萬曆年間喬山堂劉龍田刻，簡稱"劉龍田刊本"。
　　是書二卷，版式內容同熊龍峰刻本，係重新鐫刻版而成。是書正文二十折，一折有單面版畫1幅，附錄有4幅，共計24幅版畫。版畫以人物爲主，形象十分突出。畫風簡樸，粗獷豪放，版畫三面都有文字說明，上端有四字標題，左右兩側各有十一字對聯。

圖 3—1 佛殿遇嬌娥送目千瞧無限意，歸庭逢秀士回頭一顧許多情 第一齣《佛殿奇逢》

圖3-2 假寓僧房張珙乘機圖匹配，來參佛寺紅娘奉命問修齋 第二齣《僧房假寓》

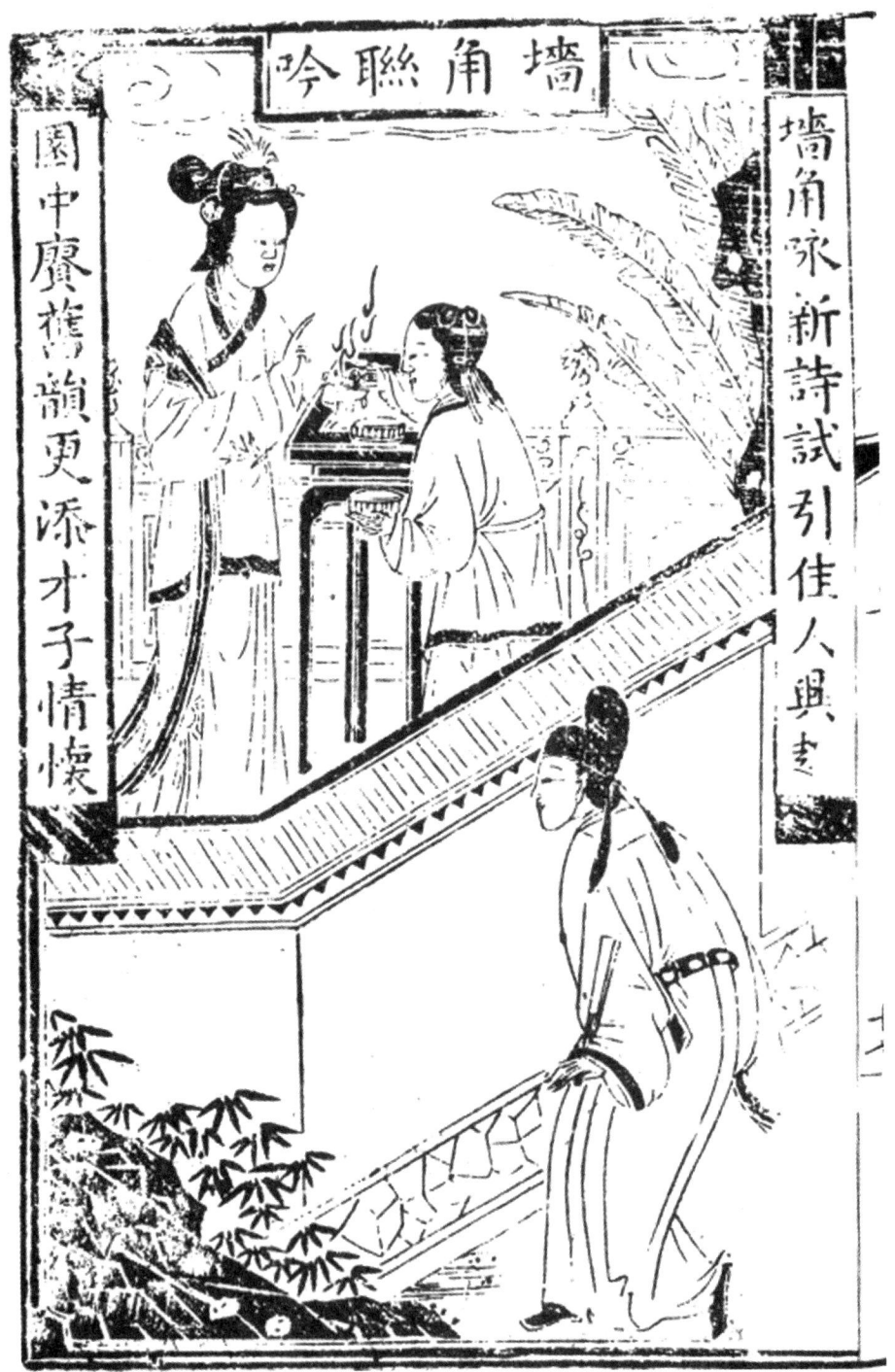

圖 3−3　墙角咏新詩試引佳人興趣，園中賡舊韵更添才子情懷　第三齣《墙角聯吟》

1759《重刻元本題評音釋西廂記》（劉龍田喬山堂刊）版畫

图3—4 崔小姐薦相國父孤魂虔誠設醮，張君瑞禮佛法僧三寶密約焚香 第四齣《齋壇鬧會》

圖 3—5 普救賊圍張學士得姻緣纔伸簡牘，蒲關兵至杜將軍爲友誼始動干戈 第五齣《白馬解圍》

1761《重刻元本題評音釋西廂記》(劉龍田喬山堂刊) 版畫

圖3—6 紅娘奉命來迎東閣宏開酬采筆,君瑞聞言請宴西廂隨步赴藍橋 第六齣
《紅娘請宴》

圖 3—7 張君瑞尋盟赴宴圖夫妻好合，崔夫人背德停婚改兄妹稱呼 第七齣《母氏停婚》

1763 《重刻元本題評音釋西廂記》（劉龍田喬山堂刊）版畫

圖 3—8　月下挑弦訴恨者先存其意，花前聽韵知音者已解其心　第八齣《琴心寫懷》

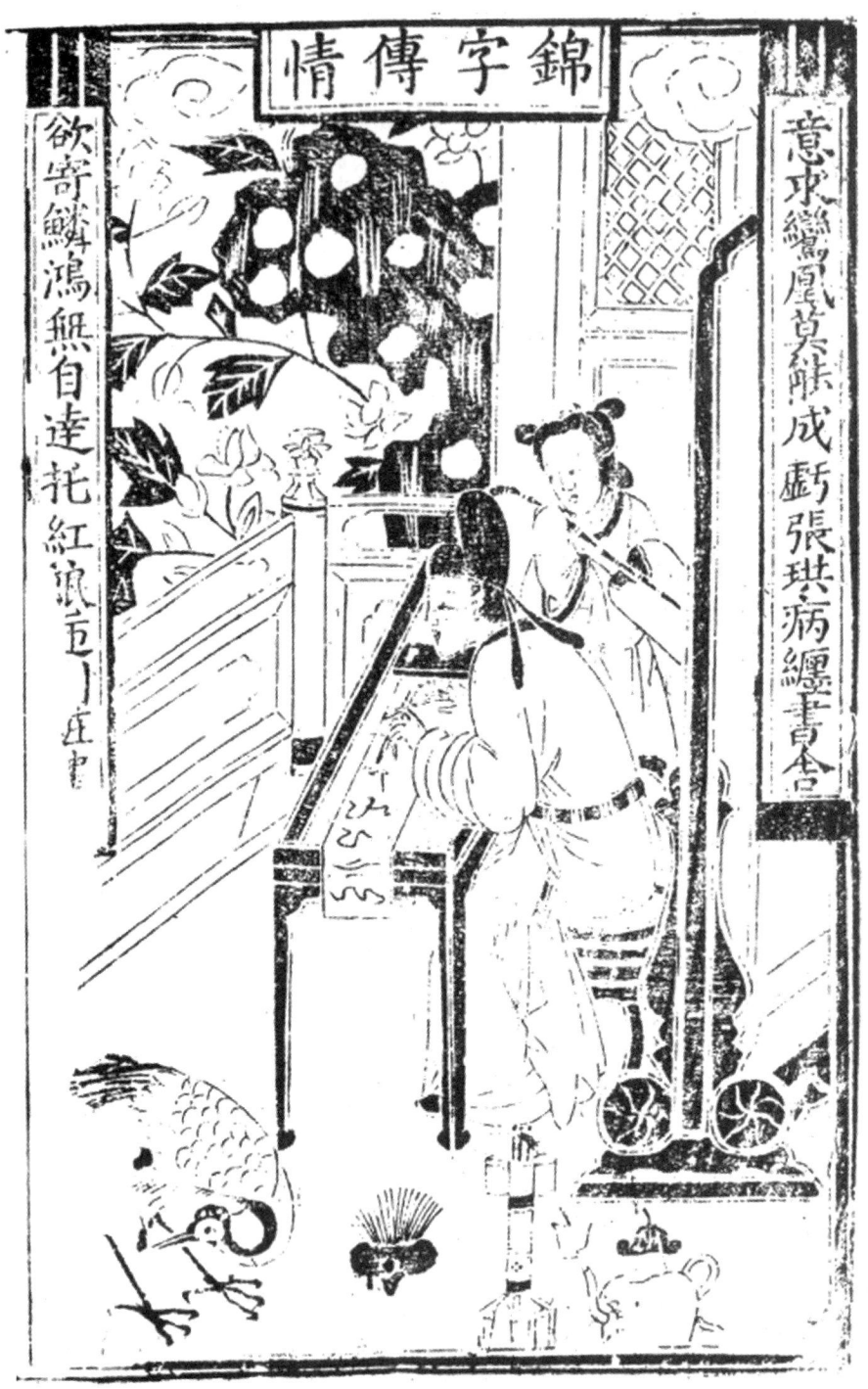

圖 3-9 意求鸞鳳莫能成虧張珙病纏書舍，欲寄鱗鴻無自達托紅娘遞到妝樓 第九齣《錦字傳情》

1765 《重刻元本題評音釋西廂記》（劉龍田喬山堂刊）版畫

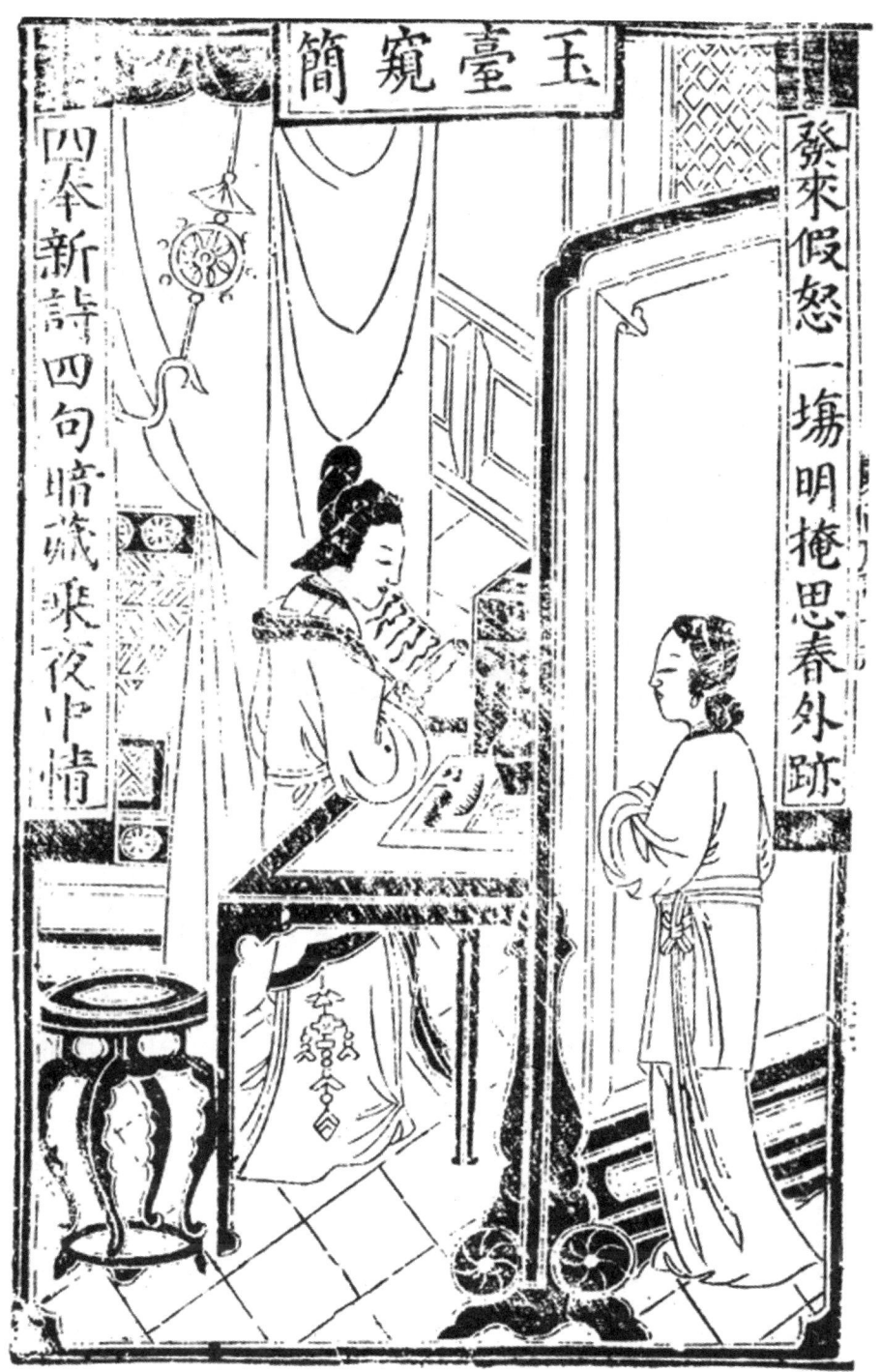

圖3—10　發來假怒一場明掩思春外迹，回奉新詩四句暗藏乘夜中情　第十齣《玉臺窺簡》

圖 3—11　雖道文才海樣深尚難猜四言詩句，誰知色膽天來大却易跳百尺垣墻　第十一齣《乘夜逾墻》

1767《重刻元本題評音釋西廂記》(劉龍田喬山堂刊)版畫

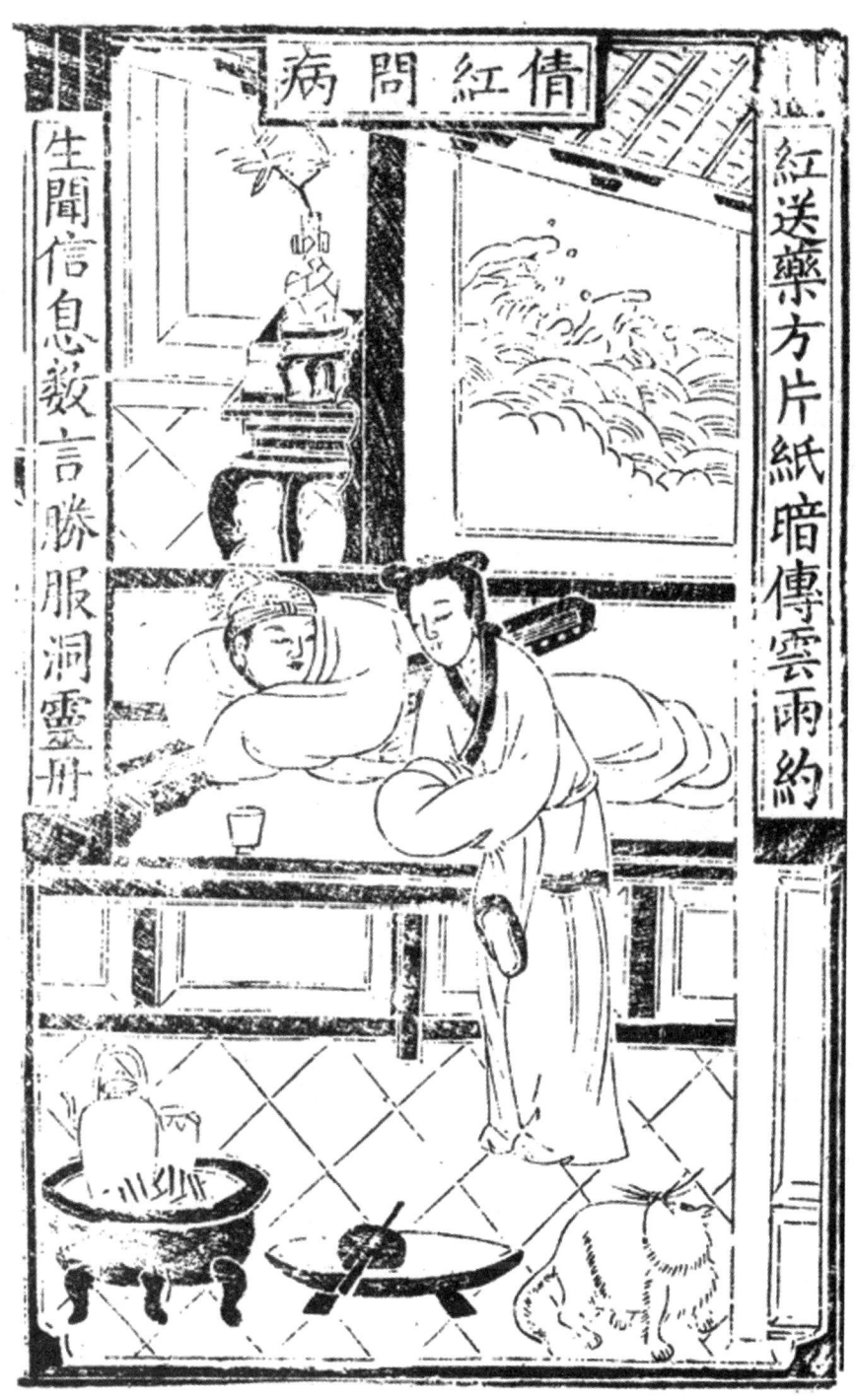

圖 3—12　紅送藥方片紙暗傳雲雨約，生聞信息數言勝服洞靈丹　第十二齣《倩紅問病》

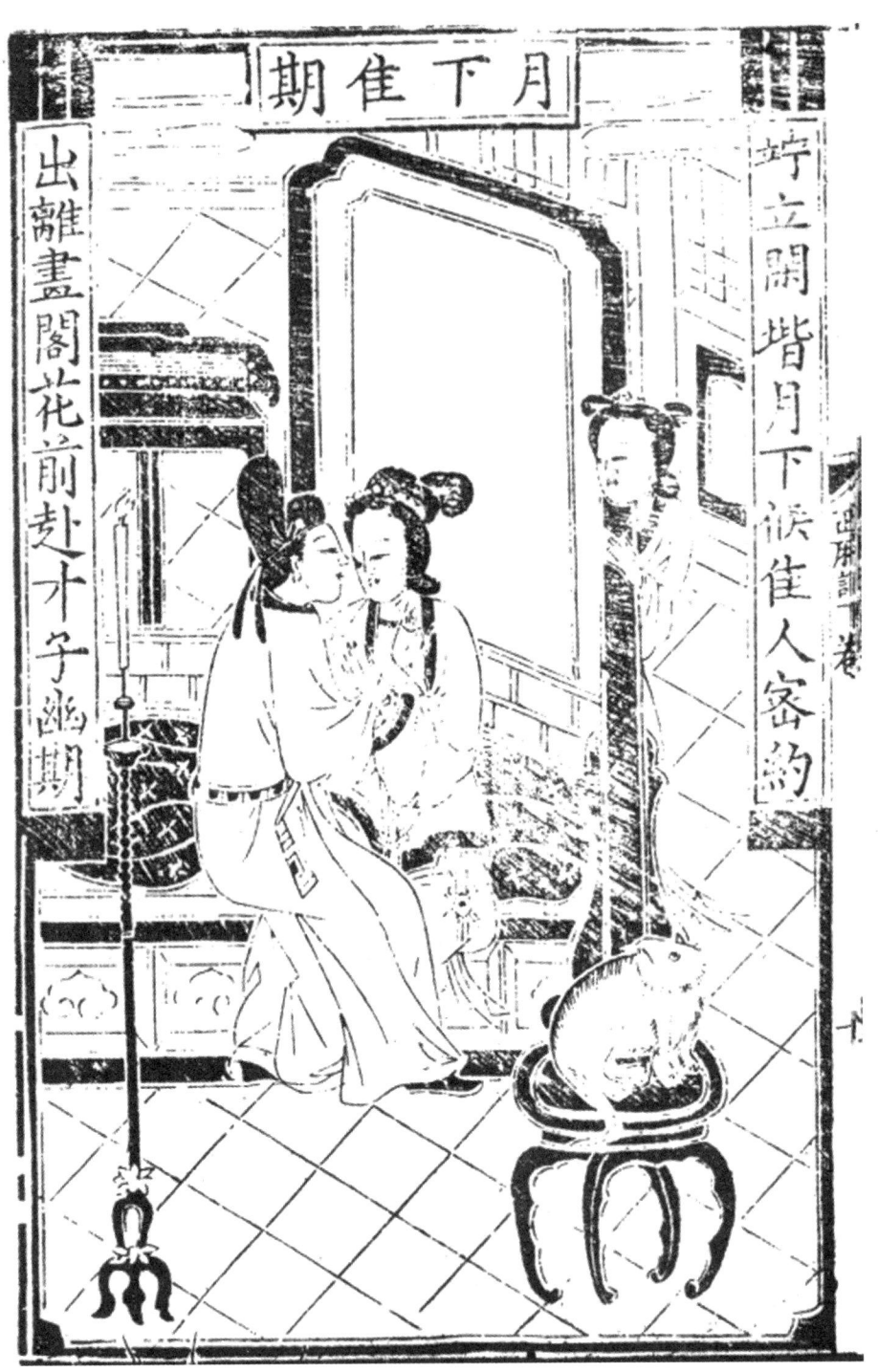

圖 3—13　佇立閑階月下候佳人密約，出離畫閣花前赴才子幽期　第十三齣《月下佳期》期

1769 《重刻元本題評音釋西廂記》（劉龍田喬山堂刊）版畫

圖 3—14　小紅娘訴一段緣因將無做有，老夫人主百年姻眷弄假成真　第十四齣
《堂前巧辯》

圖 3—15 今朝酒別長亭繾綣前來把盞，异日名題金榜叮嚀早整歸鞭 第十五齣《秋暮離懷》

1771《重刻元本題評音釋西廂記》（劉龍田喬山堂刊）版畫

圖3—16 勞役不堪投宿休嫌村店小，別離難捨夢魂豈憚路途遙 第十六齣《草橋驚夢》

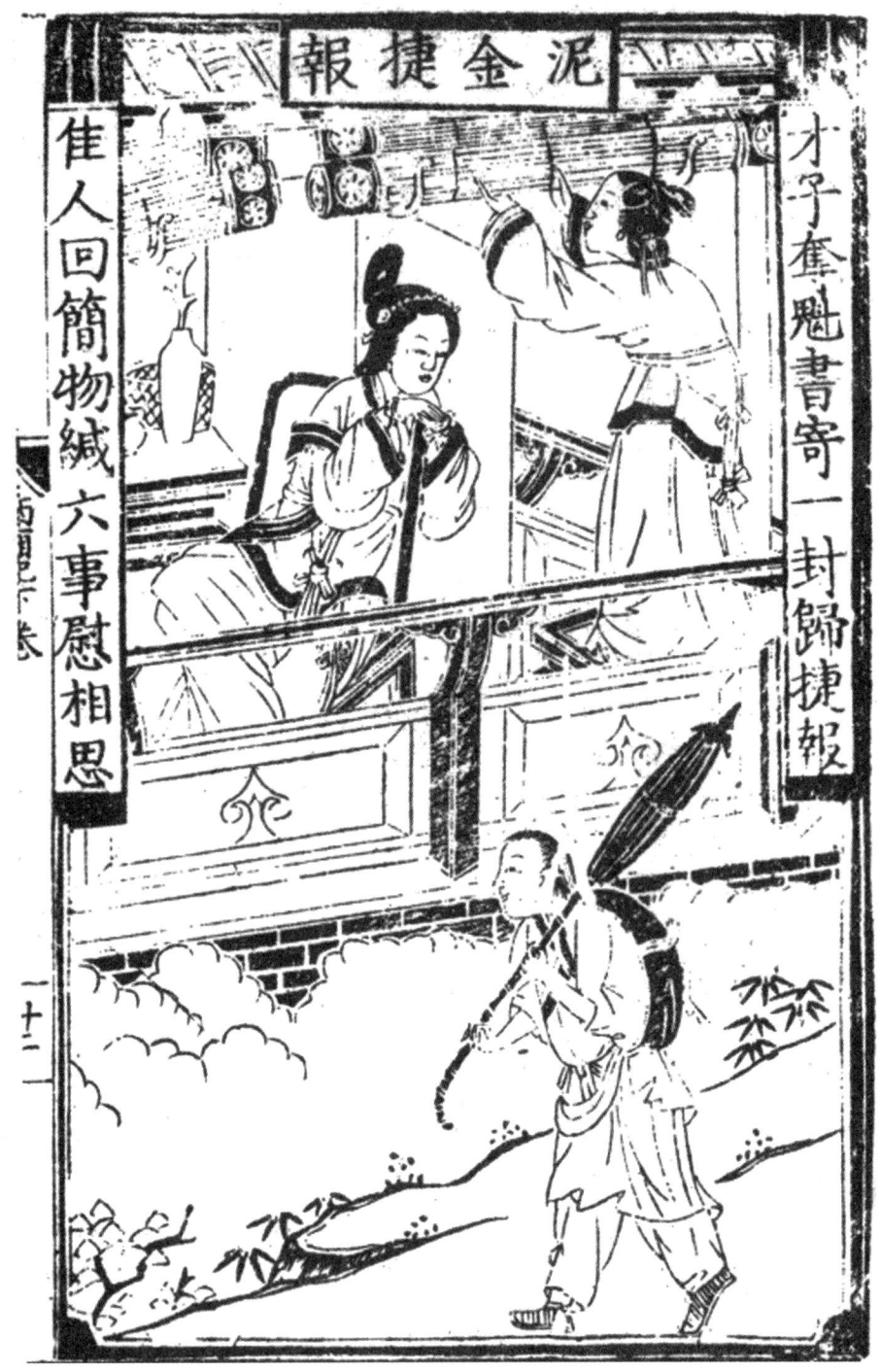

圖 3—17　才子奪魁書寄一封歸捷報，佳人回簡物緘六事慰相思　第十七齣《泥金捷報》

1773《重刻元本題評音釋西廂記》（劉龍田喬山堂刊）版畫

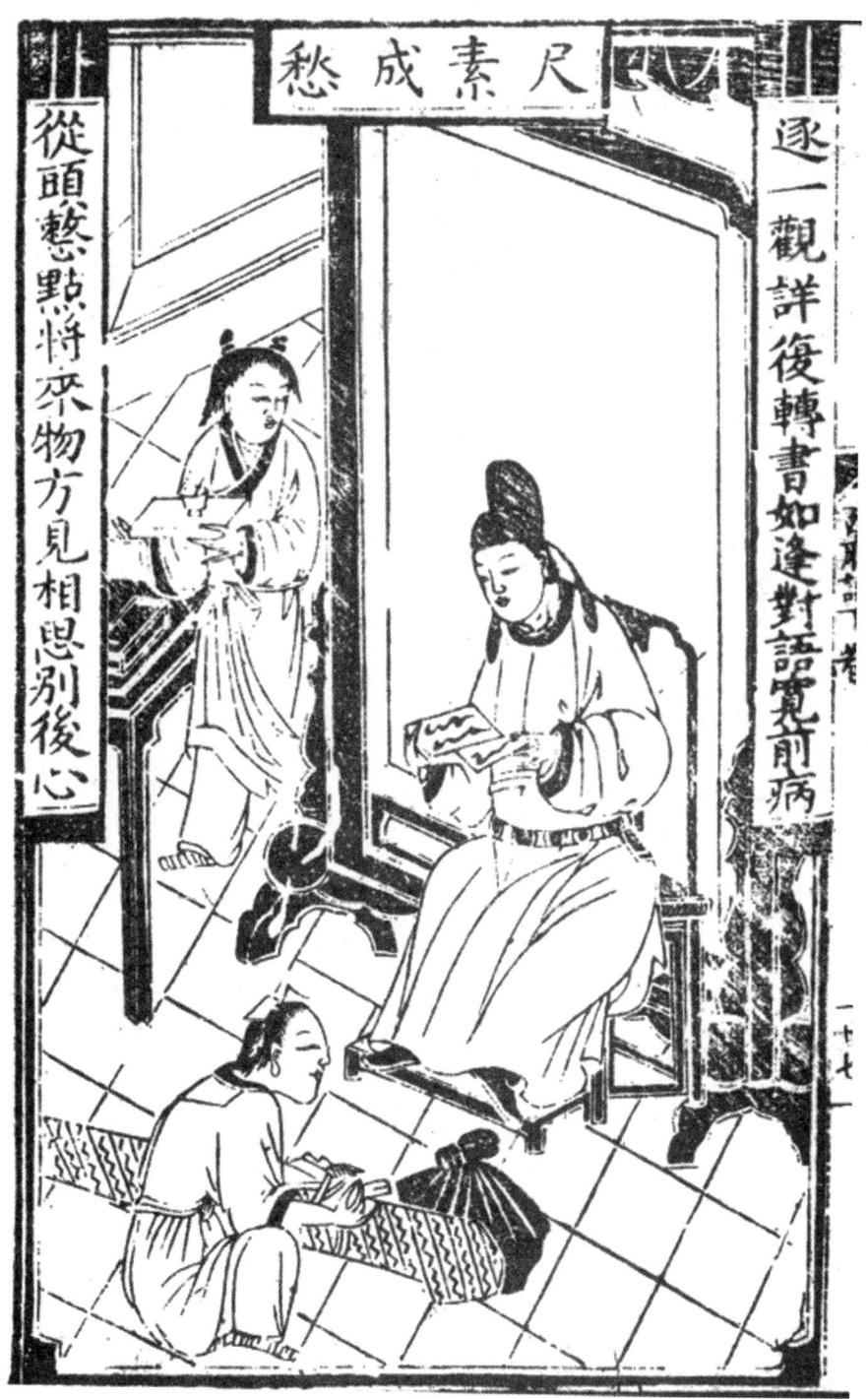

圖3—18 逐一觀詳復轉書如逢對語窺前病，從頭整點將來物方見相思別後心 《尺素成愁》

圖 3—19 魃地見紅娘爲造崔門修舊好，當場辭鄭子已言張氏締新婚 第十九齣
《詭謀求配》

1775 《重刻元本題評音釋西廂記》（劉龍田喬山堂刊）版畫

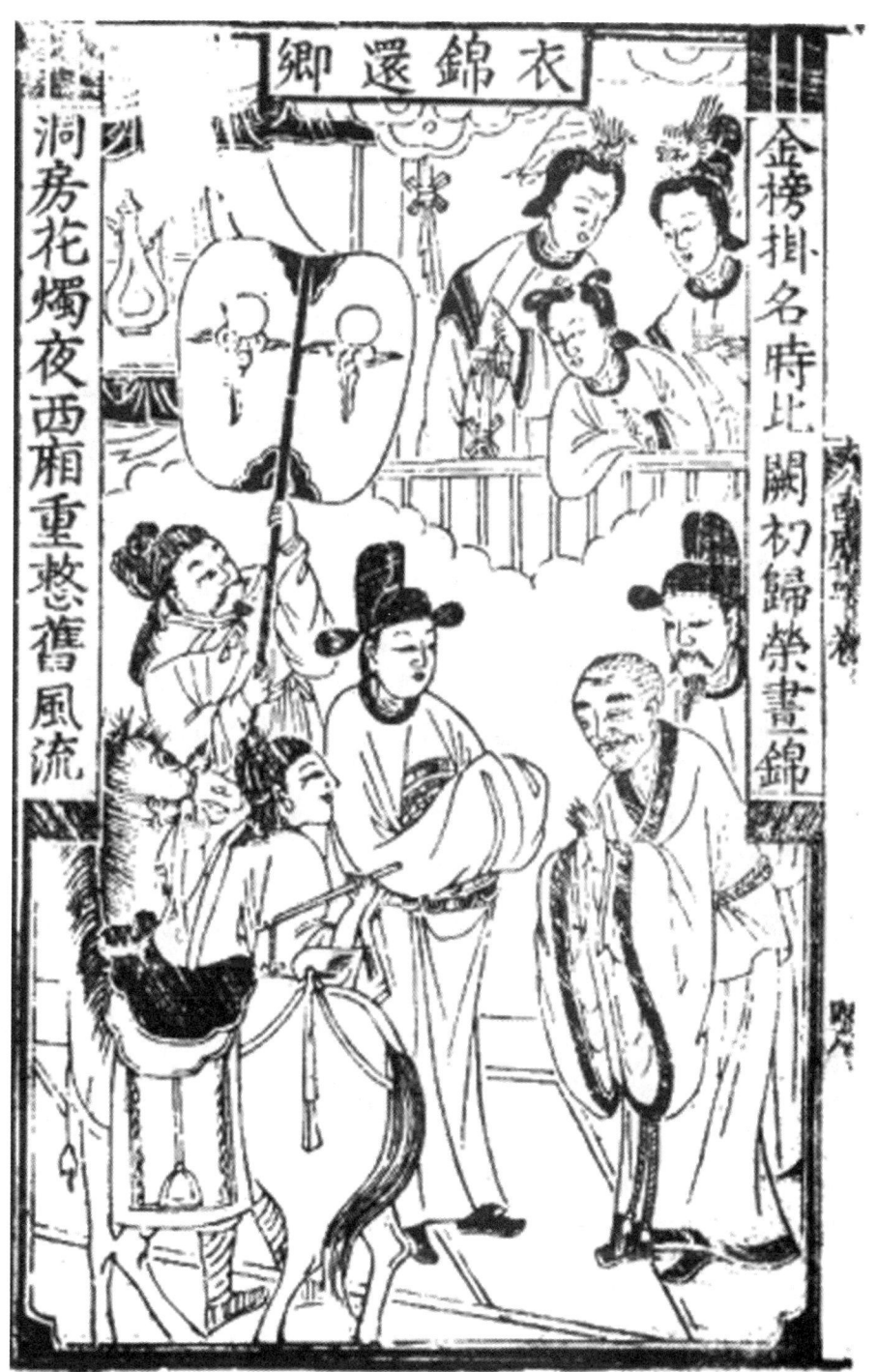

圖 3—20　金榜掛名時比闕初歸榮畫錦，洞房花燭夜西廂重整舊風流　第二十齣《衣錦還鄉》

圖 3—21　萬花亭上著圍棋勝負却因頻點指，孤月臺前思竊玉姻緣不就倍傷心

附錄《鶯紅對弈》

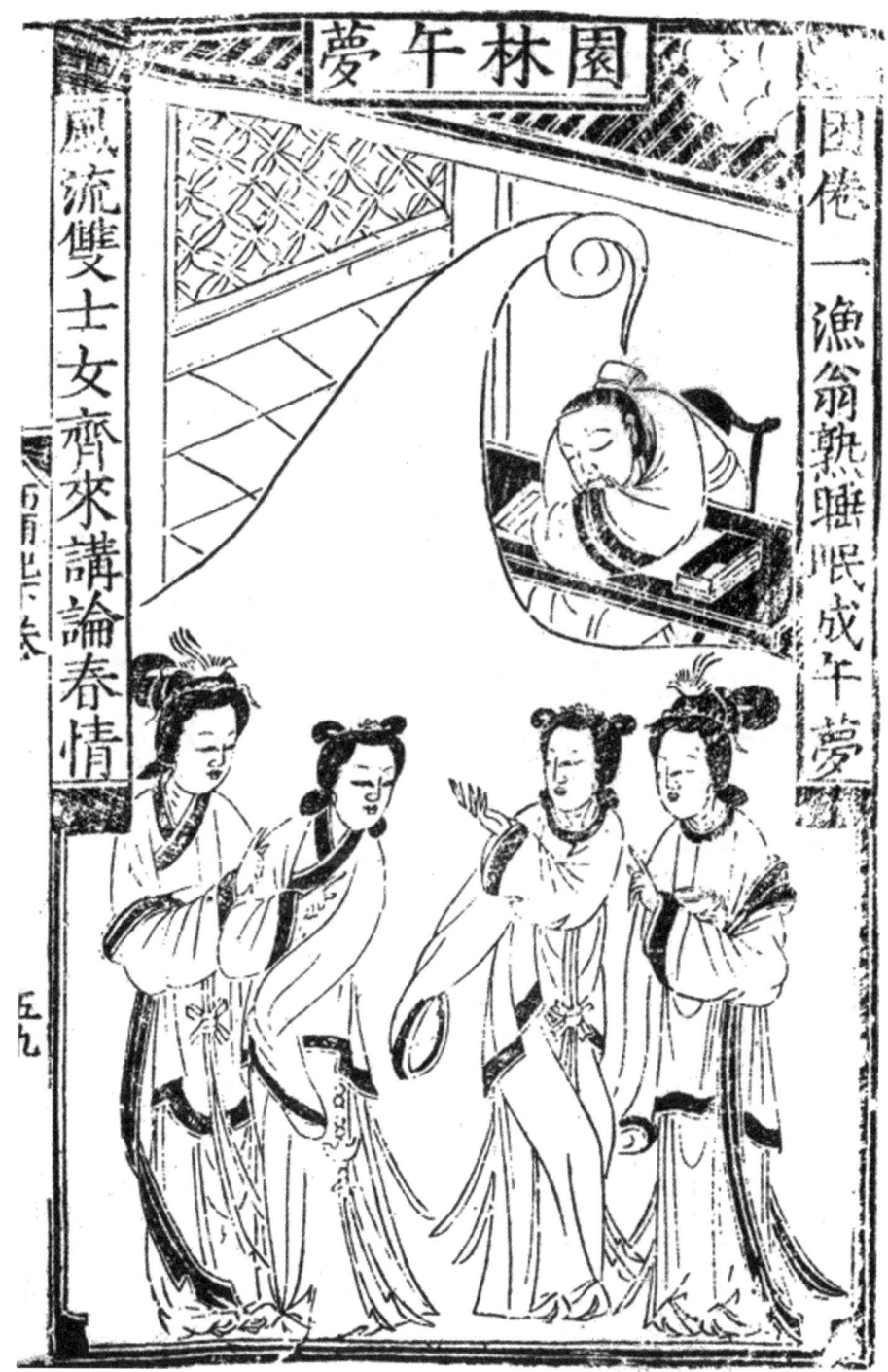

图 3—22 困倦一渔翁熟睡眠成午梦，风流双士女齐来讲论春情　附录《园林午梦》（一）

圖 3—23　園林午夢（二）

1779《重刻元本題評音釋西廂記》（劉龍田喬山堂刊）版畫

圖 3—24　園林午夢（三）

圖 3—25　園林午夢（四）

1781 《重刻元本題評音釋西廂記》（劉龍田喬山堂刊）版畫

圖 3—26　園林午夢（五）

圖 3—27 石匣葬孤骸月下遥聞來玉珮，錢塘懸夜夢窗前驚醒續瑶篇　附錄《錢塘夢》

《全像注釋西廂記》（羅懋登本）版畫

《全像注釋西廂記》，簡稱"羅本"。明萬曆二十五年（1597）羅懋登注釋。

羅懋登係明代著名小說家，所撰小說《三寶太監西洋記通俗演義》頗負時名。萬曆二十一年（1593），羅氏至金陵，爲富春堂、文林閣等書坊編校書籍。羅本《西廂記》的讀者定位當是粗通文墨的市井細民和民間劇院的演出團隊。

是書第三、五、七、九、十、十二、十四、十六、十八、十九齣無圖，其餘每齣均有版畫二幅，除了卷四"錢塘夢"爲四面連式版畫外，餘者均爲雙面連式版畫，共計24幅。

圖3－1 佛殿奇逢（一） 卷一第一齣

1785《全像注釋西廂記》(羅懋登本) 版畫

圖 4-2　佛殿奇逢（二）　卷一第一齣

圖 4-3　僧房假寓（一）　卷一第二齣

1787《全像注釋西廂記》(羅懋登本) 版畫

圖 4－4　僧房假寓（二）　卷一第二齣

圖 4—5　齋壇鬧會（一）　卷一第四齣

1789《全像注釋西廂記》(羅懋登本) 版畫

圖 4—6 齋壇鬧會 (二)　卷一第四齣

圖 4—7　紅娘請宴（一）　卷一第六齣

1791《全像注釋西廂記》(羅懋登本) 版畫

圖4—8　紅娘請宴（二）　卷一第六齣

圖 4-9　鶯鶯聽琴（一）　卷一第八齣

1793《全像注釋西廂記》(羅懋登本) 版畫

圖4-10 鶯鶯聽琴(二) 卷一第八齣

圖 4—11 乘夜逾墻（一） 卷二第十一齣

1795《全像注釋西廂記》(羅懋登本) 版畫

圖 4—12　乘夜逾墻 (二)　卷二第十一齣

圖 4—13　月下佳期（一）　卷二第十三齣

1797《全像注釋西廂記》(羅懋登本) 版畫

圖 4-14　月下佳期（二）　卷二第十三齣

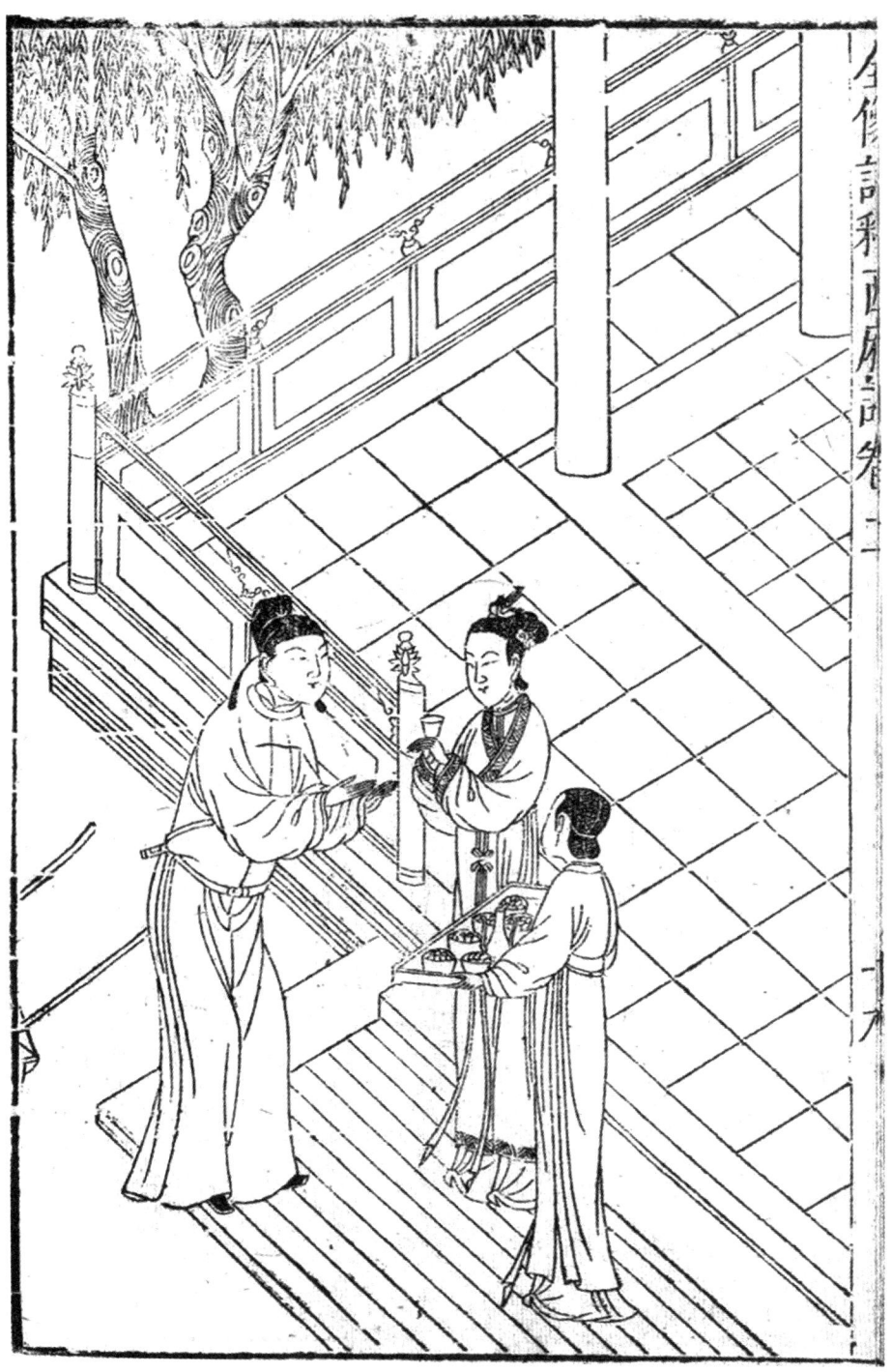

圖 4—15　長亭送別（一）　卷二第十五齣

1799《全像注釋西廂記》(羅懋登本) 版畫

圖 4—16　長亭送別 (二)　卷二第十五齣

圖4—17 泥金報捷（一） 卷二第十七齣

1801 《全像注釋西廂記》（羅懋登本）版畫

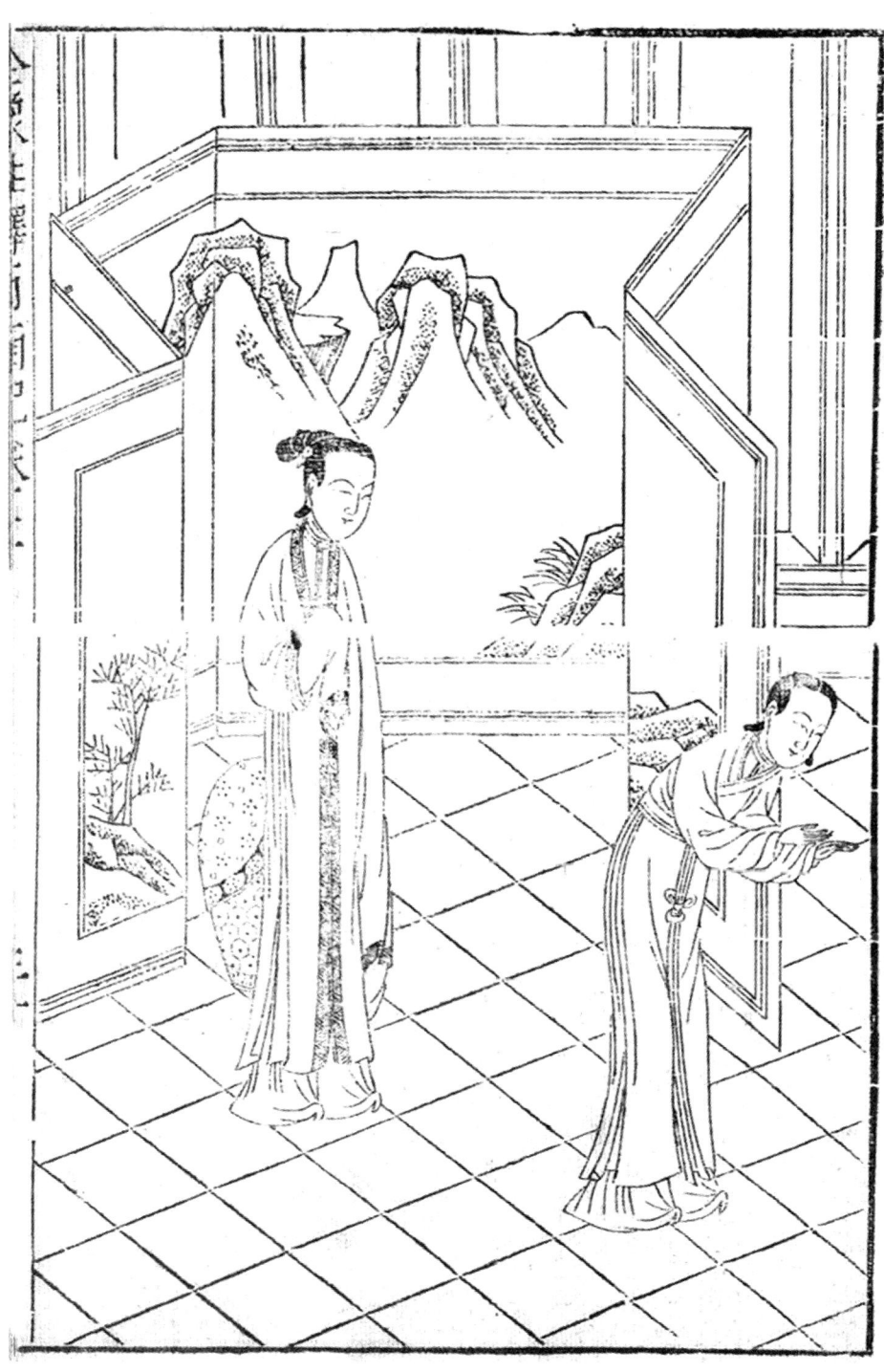

圖 4—18　泥金報捷（二）　卷二第十七齣

圖 4—19　衣錦還鄉（一）　卷二第二十齣

1803《全像注釋西廂記》(羅懋登本) 版畫

圖4—20 衣錦還鄉(二) 卷二第二十齣

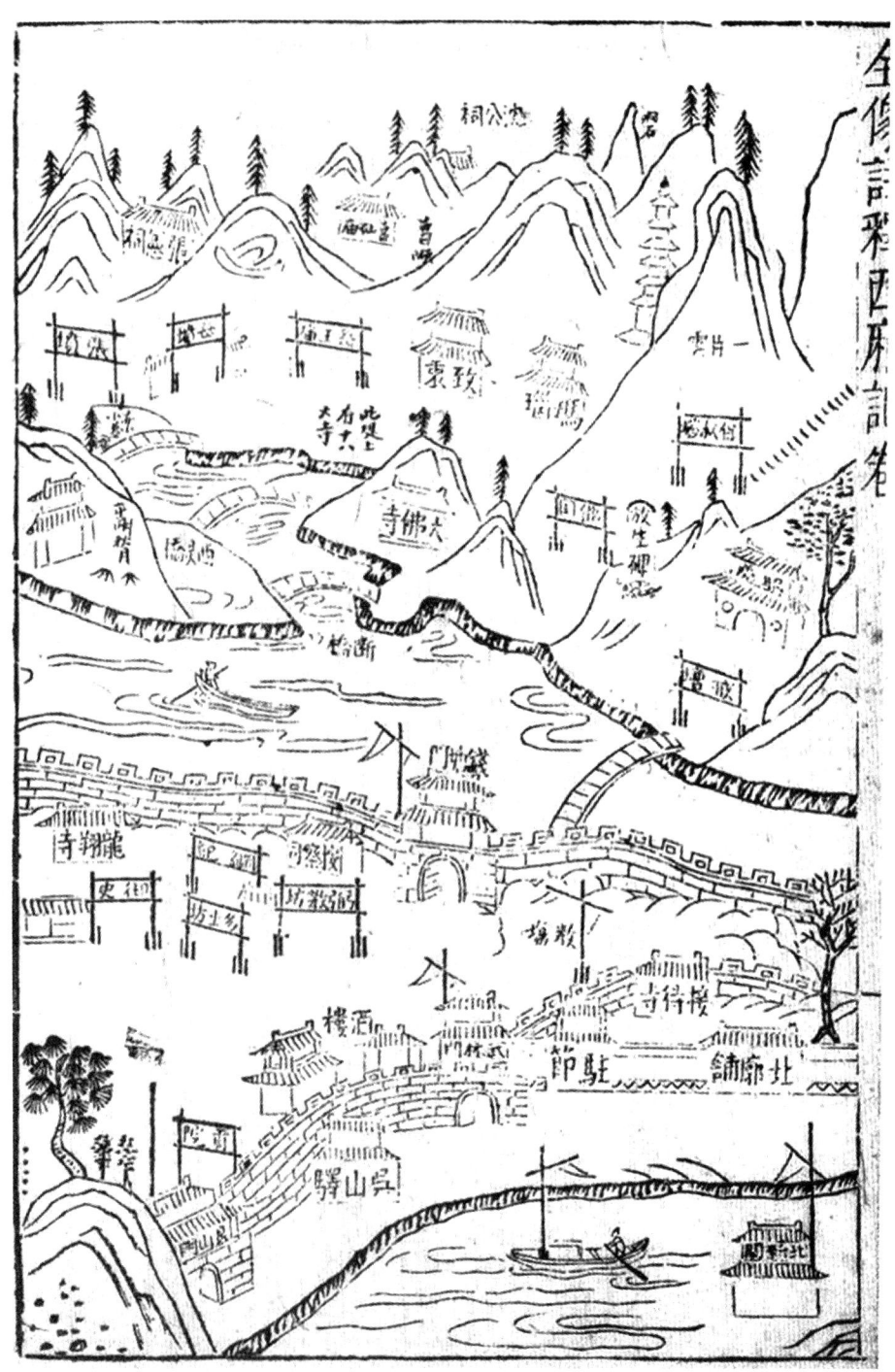

圖 4—21　錢塘夢（一）　卷四

1805《全像注釋西廂記》(羅懋登本)版畫

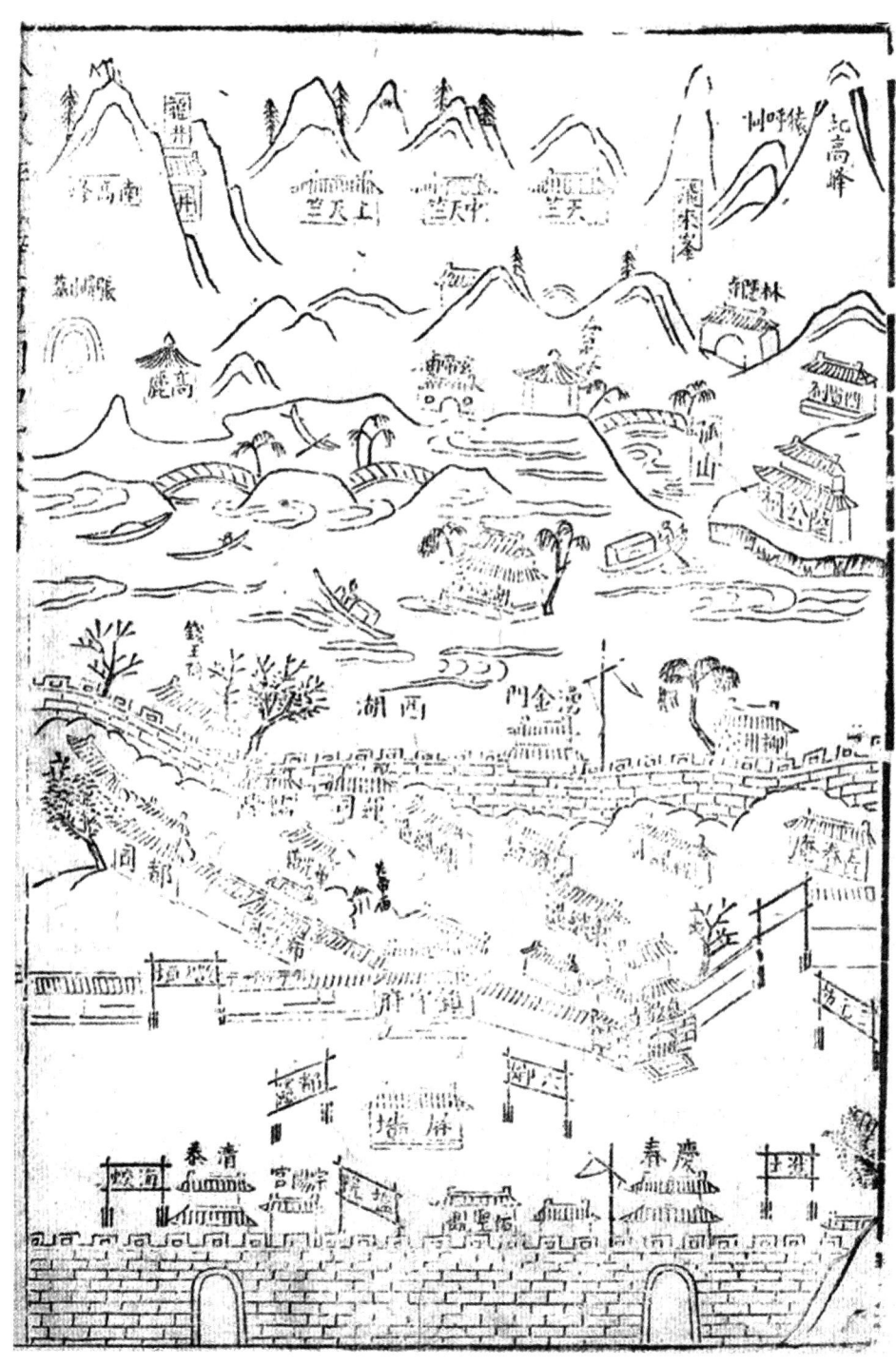

圖4—22 錢塘夢(二) 卷四

圖 4—23　錢塘夢（三）　卷四

1807 《全像注釋西廂記》（羅懋登本）版畫

圖 4—24　錢塘夢（四）　卷四

《重校北西廂記》（繼志齋陳邦泰刊）版畫

《重校北西廂記》，明萬曆二十六年（1598）繼志齋陳邦泰刊，簡稱"繼本"，藏日本內閣文庫。

是書卷首目錄後爲"鶯鶯遺照"單面版畫一幅，題"伯虎唐寅寫，于田汪耕摹"，第十、十二、十四、十九齣無圖，其餘每齣均有雙連式版畫1幅。共存圖17幅。

1811 《重校北西廂記》（繼志齋陳邦泰刊）版畫

圖 5—1 鶯鶯像

圖 5－2　佛殿奇逢（一）

1813《重校北西廂記》（繼志齋陳邦泰刊）版畫

圖 5-3 佛殿奇逢（二）

圖 5—4　僧寮假館（一）

1815《重校北西厢記》（繼志齋陳邦泰刊）版畫

圖 5-5　僧寮假館（二）

圖 5—6 花陰唱和（一）

1817《重校北西廂記》(繼志齋陳邦泰刊) 版畫

圖 5-7　花陰唱和 (二)

圖 5—8　清醮自成（一）

1819《重校北西廂記》(繼志齋陳邦泰刊) 版畫

圖 5-9　清醮自成 (二)

圖 5—10　白馬解圍（一）

1821《重校北西廂記》（繼志齋陳邦泰刊）版畫

圖 5—11　白馬解圍（二）

圖 5—12 東閣邀賓（一）

1823《重校北西廂記》（繼志齋陳邦泰刊）版畫

圖 5-13　東閣邀賓（二）

圖 5—14 杯酒違盟（一）

1825《重校北西廂記》(繼志齋陳邦泰刊) 版畫

圖 5-15 杯酒違盟 (二)

圖 5-16　琴心挑引（一）

1827《重校北西廂記》(繼志齋陳邦泰刊) 版畫

圖 5-17　琴心挑引 (二)

會校會注會評會圖西廂記　1828

圖 5—18　錦字傳情（一）

1829《重校北西廂記》（繼志齋陳邦泰刊）版畫

圖 5—19　錦字傳情（二）

圖 5—20　乘夜逾墻（一）

1831《重校北西廂記》（繼志齋陳邦泰刊）版畫

圖5—21 乘夜逾墻（二）

圖 5—22　月下佳期（一）

1833《重校北西廂記》（繼志齋陳邦泰刊）版畫

圖 5—23　月下佳期（二）

圖 5-24 長亭送別（一）

1835 《重校北西廂記》（繼志齋陳邦泰刊）版畫

圖 5-25　長亭送別（二）

圖 5-26　草橋驚夢（一）

1837《重校北西廂記》（繼志齋陳邦泰刊）版畫

圖 5—27　草橋驚夢（二）

圖 5—28 泥金報捷（一）

1839《重校北西廂記》(繼志齋陳邦泰刊) 版畫

圖 5—29 泥金報捷 (二)

圖 5—30 尺素緘愁（一）

1841 《重校北西廂記》（繼志齋陳邦泰刊）版畫

圖 5-31　尺素緘愁（二）

圖 5—32 衣錦還鄉（一）

1843《重校北西廂記》（繼志齋陳邦泰刊）版畫

圖5-33 衣錦還鄉（二）

《元本出相北西廂記》（汪氏玩虎軒刻）版畫

　　《元本出相北西廂記》，簡稱"虎本"，明萬曆年間汪氏玩虎軒刻。是書共兩册，一册藏安徽省博物館，分上下兩卷。下卷卷首爲《元本出相北西廂記下卷目錄》。另一册爲《會真記詩詞跋序辯證年譜碑文附後》，藏國家圖書館。上卷卷首依次爲玩虎軒序、《元本出相北西廂記》凡例、鶯鶯像、《元本出相北西廂記上卷目錄》；下卷爲《會真記詩詞跋序辯證年譜碑文附後》。

　　玩虎軒，主人汪雲鵬，字光華，歙縣人。是書上卷卷首附有明伯虎唐寅寫、于田汪耕摹"鶯鶯像"單面版畫1幅，此後每齣配雙面連式版畫2幅，共計41幅。版畫是書中的最大特色，畫面明麗，用筆細膩，布景綺麗繁富典雅，人物刻劃精緻，刀法圓活，生動流利，極富韵味，在明代諸多《西廂記》刻本中，別具特色。

1847 《元本出相北西廂記》（汪氏玩虎軒刻）版畫

圖6-1 鶯鶯像

圖 6—2　佛殿奇逢（一）　上卷第一齣

1849《元本出相北西廂記》（汪氏玩虎軒刻）版畫

圖 6－3　佛殿奇逢（二）　上卷第一齣

圖 6—4　僧房假寓（一）　上卷第二齣

1851 《元本出相北西廂記》（汪氏玩虎軒刻）版畫

圖 6—5　僧房假寓（二）　上卷第二齣

圖 6—6　墻角聯吟（一）　上卷第三齣

1853《元本出相北西廂記》(汪氏玩虎軒刻) 版畫

圖 6—7　墻角聯吟（二）　上卷第三齣

圖 6-8 齋壇鬧會（一） 上卷第四齣

1855《元本出相北西廂記》(汪氏玩虎軒刻) 版畫

圖 6-9　齋壇鬧會 (二)　上卷第四齣

圖 6—10　白馬解圍（一）　上卷第五齣

1857 《元本出相北西廂記》（汪氏玩虎軒刻）版畫

圖 6—11　白馬解圍（二）　上卷第五齣

圖 6—12　紅娘請宴（一）　上卷第六齣

1859 《元本出相北西廂記》（汪氏玩虎軒刻）版畫

圖 6—13　紅娘請宴（二）　上卷第六齣

圖 6-14　夫人停婚（一）　上卷第七齣

1861《元本出相北西廂記》（汪氏玩虎軒刻）版畫

圖 6—15　夫人停婚（二）　上卷第七齣

圖 6—16　鶯鶯聽琴（一）　上卷第八齣

1863 《元本出相北西廂記》（汪氏玩虎軒刻）版畫

圖 6-17　鶯鶯聽琴（二）　上卷第八齣

圖 6—18　錦字傳情（一）　上卷第九齣

1865《元本出相北西廂記》（汪氏玩虎軒刻）版畫

圖 6—19　錦字傳情（二）　上卷第九齣

圖 6—20 妝臺窺簡（一） 上卷第十齣

1867《元本出相北西廂記》(汪氏玩虎軒刻) 版畫

圖 6—21　妝臺窺簡（二）　上卷第十齣

圖 6—22　乘夜逾墻（一）　下卷第十一齣

1869 《元本出相北西廂記》（汪氏玩虎軒刻）版畫

圖 6—23　乘夜逾墻（二）　下卷第十一齣

圖 6—24　倩紅問病（一）　下卷第十二齣

1871 《元本出相北西廂記》（汪氏玩虎軒刻）版畫

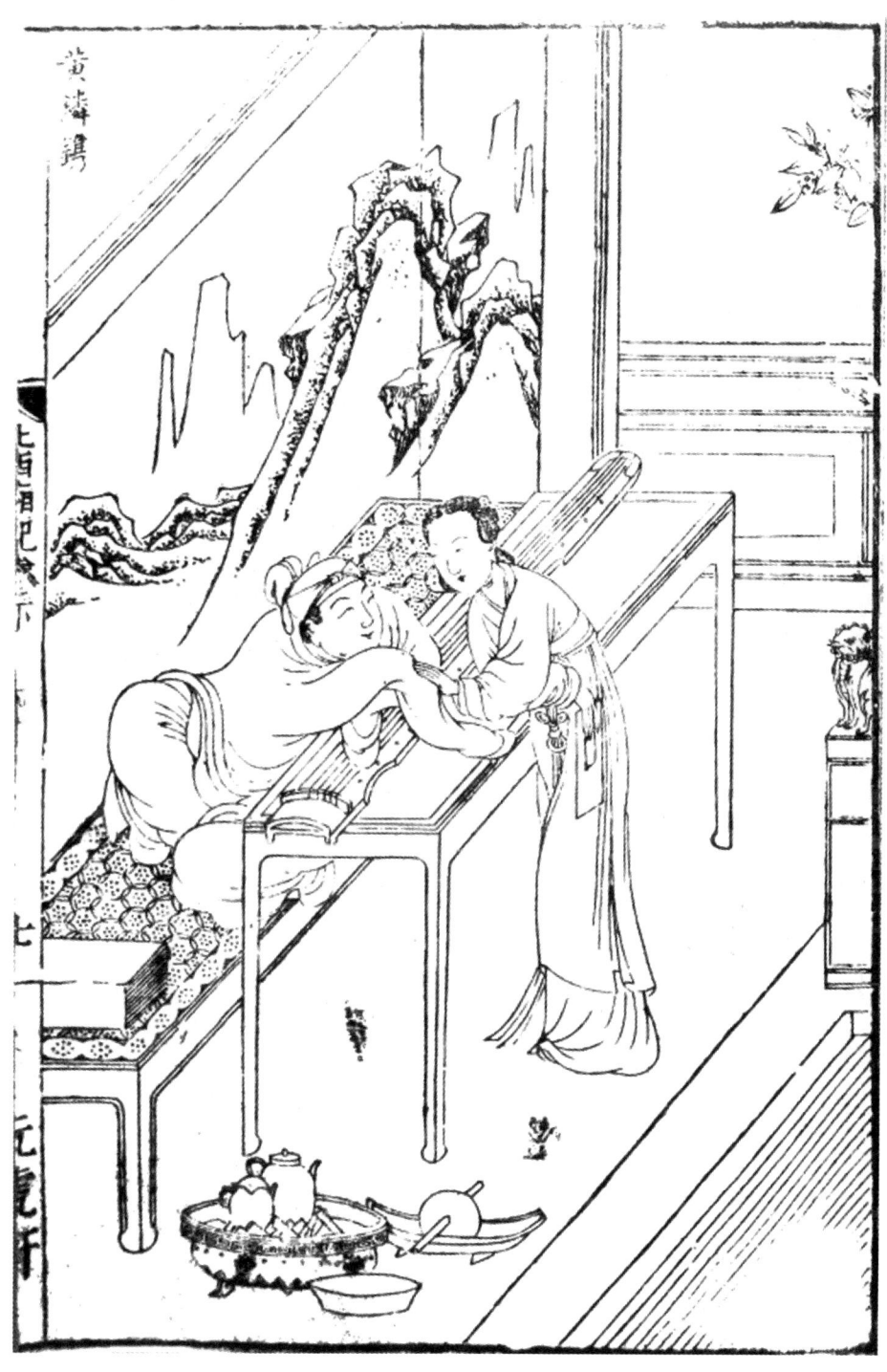

圖 6—25　倩紅問病（二）　下卷第十二齣

圖 6—26　月下佳期（一）　下卷第十三齣

1873 《元本出相北西廂記》（汪氏玩虎軒刻）版畫

圖 6—27　月下佳期（二）　下卷第十三齣

會校會注會評會圖西廂記　1874

圖 6—28　堂前巧辯（一）　下卷第十四齣

1875 《元本出相北西廂記》（汪氏玩虎軒刻）版畫

圖 6—29　堂前巧辯（二）　下卷第十四齣

圖 6—30　長亭送別（一）　下卷第十五齣

1877 《元本出相北西廂記》（汪氏玩虎軒刻）版畫

圖6-31　長亭送別（二）　下卷第十五齣

圖 6—32　草橋驚夢（一）　下卷第十六齣

1879 《元本出相北西廂記》（汪氏玩虎軒刻）版畫

圖 6—33　草橋驚夢（二）　下卷第十六齣

圖 6—34　泥金報捷（一）　下卷第十七齣

1881《元本出相北西廂記》（汪氏玩虎軒刻）版畫

圖 6-35　泥金報捷（二）　下卷第十七齣

圖 6-36　尺素緘愁（一）　下卷第十八齣

1883 《元本出相北西廂記》（汪氏玩虎軒刻）版畫

圖 6—37　尺素緘愁（二）　下卷第十八齣

圖 6—38　鄭恒求配（一）　下卷第十九齣

1885《元本出相北西廂記》（汪氏玩虎軒刻）版畫

圖 6—39　鄭恒求配（二）　下卷第十九齣

圖 6—40 衣錦還鄉（一） 下卷第二十齣

1887 《元本出相北西廂記》（汪氏玩虎軒刻）版畫

圖 6—41　衣錦還鄉（二）　下卷第二十齣

《新刊合并王實甫西廂記》（周居易刻屠隆校）版畫

《新刊合并王實甫西廂記》，簡稱"屠本"，明萬曆二十八年（1600）周居易刻、屠隆校并序。是書係董解元《西廂記諸宮調》和王實甫《西廂記》的合刊本，是彙刻《西廂記》的嚆矢，開啓了閔遇五《會真六幻》的先河。

屠隆（1542—1605），字長卿，號赤水，浙江鄞縣人，萬曆五年（1577）進士，官至禮部主事。與王世貞有師生之誼。爲人風流豪放，著有傳奇《彩毫記》《曇花記》等。萬曆二十八年（1600），其時屠隆已58歲。

是書卷首"西廂合并圖像"附有雙面連式版畫22幅，圖無文字。

圖 7—1

1891《新刊合并王實甫西廂記》（周居易刻屠隆校）版畫

圖 7—2

圖 7—3

1893《新刊合并王實甫西廂記》(周居易刻屠隆校) 版畫

圖 7-4

圖 7—5

1895《新刊合并王實甫西廂記》(周居易刻屠隆校) 版畫

圖 7-6

圖 7—7

1897《新刊合并王實甫西廂記》(周居易刻屠隆校) 版畫

圖7—8

圖7—9

1899《新刊合并王實甫西廂記》（周居易刻屠隆校）版畫

圖7—10

圖7—11

1901《新刊合并王實甫西廂記》(周居易刻屠隆校) 版畫

圖 7—12

圖 7—13

1903《新刊合并王實甫西廂記》(周居易刻屠隆校)版畫

圖 7—14

會校會注會評會圖西廂記 1904

圖 7—15

1905《新刊合并王實甫西廂記》（周居易刻屠隆校）版畫

圖 7—16

圖 7—17

1907《新刊合并王實甫西廂記》(周居易刻屠隆校) 版畫

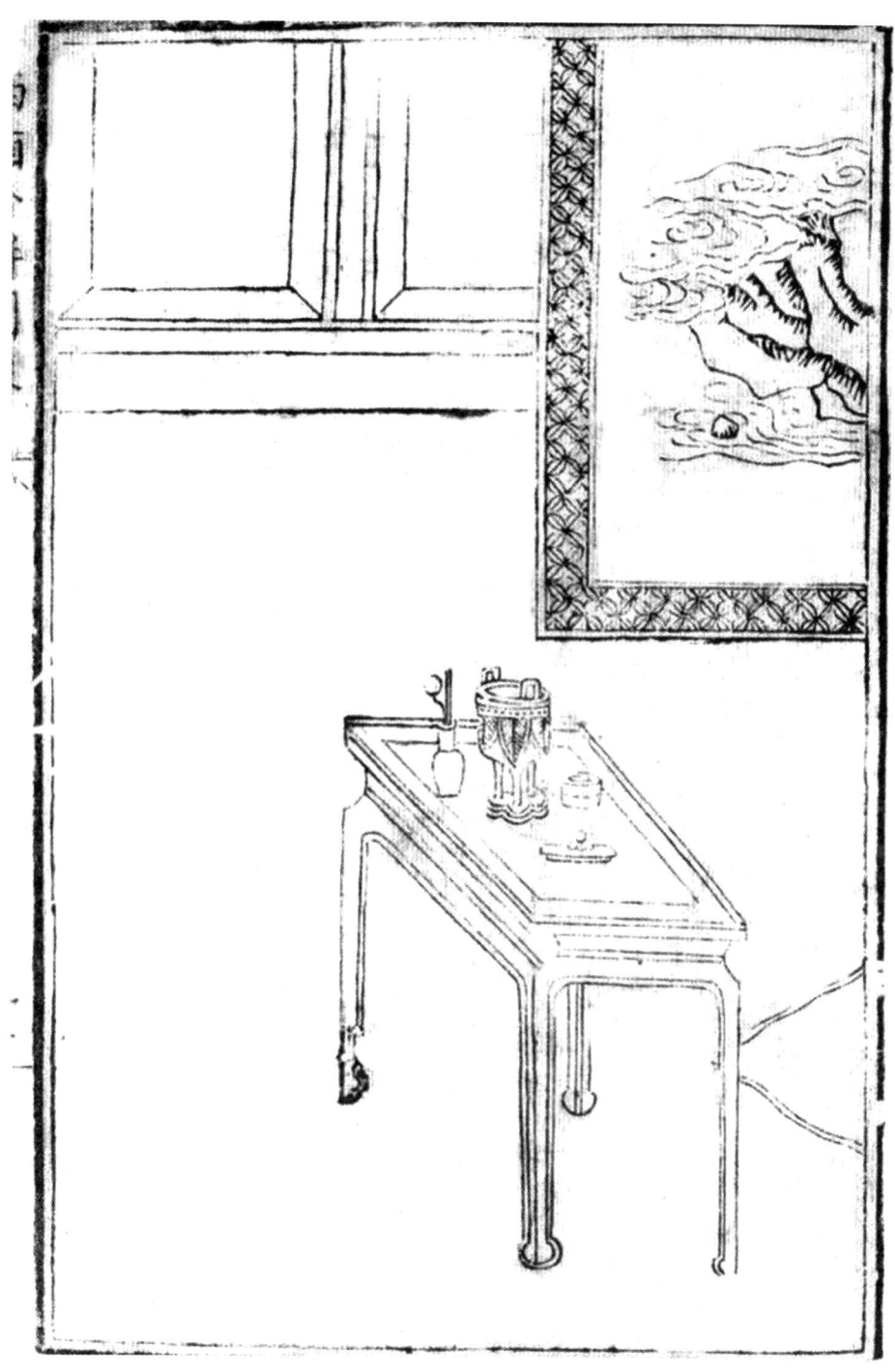

圖 7—18

圖 7—19

1909《新刊合并王實甫西廂記》(周居易刻屠隆校) 版畫

圖 7—20

圖 7—21

《李卓吾先生批評北西廂記》（虎林容與堂刻）版畫

　　《李卓吾先生批評北西廂記》，簡稱"容本"，明萬曆三十八年（1610）夏，虎林（杭州的別稱）容與堂刻。

　　容與堂是明萬曆年間杭州著名書坊，以刻戲曲和小説名于世。與明天啓、崇禎年間的武林版畫相比，容與堂刊本版畫保留著傳統金陵版畫的特點，綫條朗闊，濃眉大眼。畫面極注重背景的繪製，以及人物的神形。其刊行于明萬曆年間的虎林容與堂刊本《李卓吾先生批評忠義水滸傳》，計一百回，卷首共有綉像一百葉兩百幅，係武林版畫的代表之作。

　　《李卓吾先生批評北西廂記》卷下之首，附有雙面連式版畫16幅，單雙面連式版畫2幅，計18幅。這些版畫精緻秀雅，體現了明代版畫的高超水準。

圖 8—1 執手未登程，先問歸期。別酒將傾，未飲心先醉（一）

1913《李卓吾先生批評北西廂記》（虎林容與堂刻）版畫

圖8—2　執手未登程，先問歸期。別酒將傾，未飲心先醉（二）

圖 8—3 夕陽古道，衰柳長堤（一）

1915《李卓吾先生批評北西廂記》（虎林容與堂刻）版畫

圖8—4　夕陽古道，衰柳長堤（二）

图 8—5　禾黍秋風聽馬嘶（一）

1917《李卓吾先生批評北西廂記》（虎林容與堂刻）版畫

圖 8－6　禾黍秋風聽馬嘶（二）

圖 8-7　四圍山色中，一鞭殘照裏（一）

1919《李卓吾先生批評北西廂記》(虎林容與堂刻) 版畫

圖 8-8　四圍山色中，一鞭殘照裏（二）

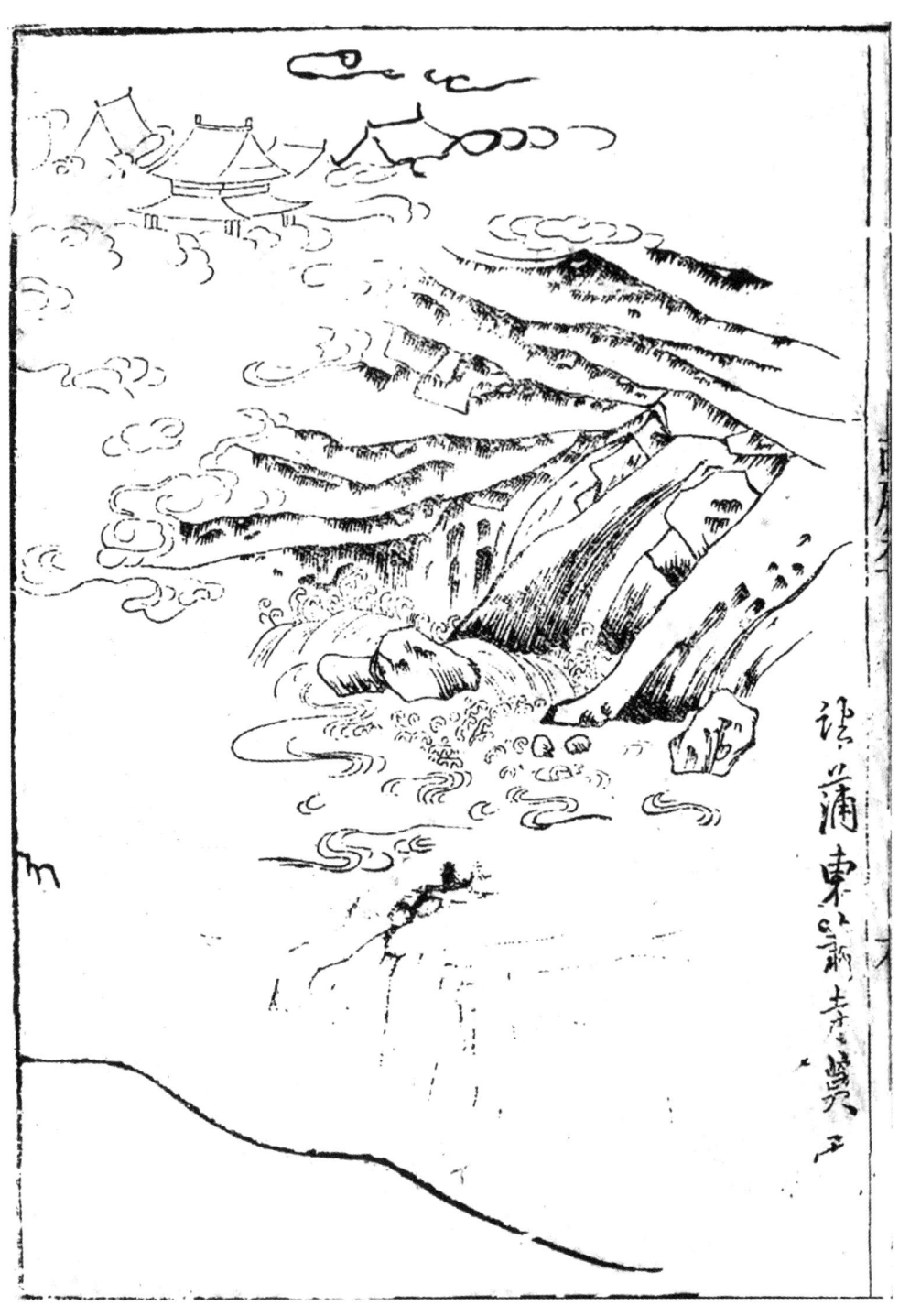

圖 8-9 望蒲東蕭寺莫雲遮（一）

1921 《李卓吾先生批評北西廂記》（虎林容與堂刻）版畫

圖 8—10　望蒲東蕭寺莫雲遮（二）

圖 8—11 蒼煙迷樹，衰草連天，野渡舟橫（一）

1923《李卓吾先生批評北西廂記》(虎林容與堂刻) 版畫

圖8-12 蒼煙迷樹，衰草連天，野渡舟橫（二）

圖 8—13 春風桃李花開夜（一）

1925《李卓吾先生批評北西廂記》(虎林容與堂刻) 版畫

圖 8—14　春風桃李花開夜（二）

圖 8—15　夜雨梧桐葉落時（一）

1927 《李卓吾先生批評北西廂記》（虎林容與堂刻）版畫

圖 8—16　夜雨梧桐葉落時（二）

圖 8—17 聽江聲浩蕩，看山色參差（一）

1929 《李卓吾先生批評北西廂記》（虎林容與堂刻）版畫

圖 8-18　聽江聲浩蕩，看山色參差（二）